*Für Stephanie, Franziska, Charlotte
und Rainer*

Petra Hauser, geb. 1950 in Karlsruhe, Germanistik- und Anglistikstudium in Heidelberg für Lehramt an Gymnasien. Unterrichtet in Institutionen der Erwachsenenbildung Englisch und Literatur. 2009 erschien ihr Debüt-Roman „Das Glück ist aus Glas" (4. Auflage).

Petra Hauser

Falsche Wimpern

Novelle

Lindemanns Bibliothek

Die Erinnerung kümmert sich nicht um korrekte Chronologie, überprüfbare Fakten, sie schafft neue Tatsachen, abhängig vom aktuellen Blickwinkel, und es entstehen Geschichten, die erzählt werden wollen.

2008

Als mein Großvater starb, hinterließ er mir eine kleine hölzerne Kiste. Er hatte sie gefertigt, als er 1945 in einer Schreinerei untergeschlüpft war, um Geld zu verdienen, während er auf seine Entnazifizierung wartete. Er war Zollbeamter, wurde 1938 strafversetzt von Mannheim in den Odenwald, weil er jüdischen Damen erklärt hatte, wie sie ihren Schmuck in „Hygieneartikeln", wie es in der Familienlegende schamvoll genannt wurde, verbergen konnten, um ihn dem Zugriff der Behörden bei der Ausreise zu entziehen. Ein kleiner Zollbeamter war er, mit einem großen Herzen und viel Gemüt. Nach dem Krieg war er – als Beamter und damit Handlanger der Staatsmacht – eben ein „Nazi", und das musste man ihm erst mal austreiben. Während die „Großkopfeten", und darunter vor allem diejenigen, die immer schon das Geld und das Sagen gehabt hatten, bald schon wieder in Amt und Würden waren, ließ man meinen Großvater Scham ausschwitzen, die nicht wirklich seine war.

Er verbarg seine Einwände unter seinem Schweigen. Er schreinerte bis zu seiner Pensionierung, und es fiel manches schöne Stück Möbel für seine Familie dabei ab. Jedes einzelne wies er in einem handschriftlichen Testament einem seiner Nachkommen zu. Auf mich kam diese Kiste. Oft nahmen wir sie zusammen in Augenschein. Dabei erklärte mir der Großvater stolz den raffinierten Mechanismus, mit dem man ein Geheimfach öffnen konnte, das sich zwischen dem Innen- und dem Außenboden befand. Viel passte nicht hinein. Aber wenn es einmal etwas ganz Wichtiges gäbe, das könne ich dort hineintun. Das Fach würde sich der erforderlichen Größe anpassen, schwindelte mir der Großvater vor, und ich glaubte ihm.

Die Kiste begleitete mich überallhin. Sie zog mit mir und meiner Familie um bis an unseren jetzigen Wohnsitz. Dort steht sie bis heute auf unserem Wohnzimmerschrank.

„Wollen wir nicht mal irgendetwas hineintun?", fragte meine Frau am Anfang unserer Ehe.

Ich schüttelte dazu nur den Kopf. Irgendwann gab sie auf.

Unsere Heimatstadt Karlsruhe besuchten wir lange nicht. Es gab keinerlei Anlass dazu. Wir haben am schönen Bodensee längst eine neue Heimat gefunden. Hier habe ich meine Arbeit, hier sind unsere Kinder aufgewachsen, hier haben wir unser Haus gebaut. Wir gehören hierher. Das verdanke ich vor allem meiner Frau. Hanna besitzt die Fähigkeit, sich allen Menschen zuzuwenden, dem nicht sesshaften Säufer ebenso wie dem Kultusminister unseres Landes. Ich bewundere sie dafür, bin stolz, dass sie – obwohl Protestantin – im Chor der Birnau mitsingt und seit einiger Zeit die Hennengruppe des örtlichen Fastnachtsvereins leitet. Die Fastnacht ist am Bodensee eine wichtige Sache. Der Respekt, den meine Frau genießt, bezieht mich und unsere Kinder mit ein.

2008

Anfang Januar kam die E-Mail, die mich zum 40-jährigen Abiturtreffen einlud. „Wollen wir einen Kurzurlaub daraus machen?“, schlug ich vor.

„Was soll das werden? Meine Frau, mein Auto, mein Haus, mein Boot ... wie in der Werbung?“

Klischee-Allergie nennt sie das. Sie kann manchmal sehr sarkastisch sein, dabei weiß man, auch ich nach mehr als 30 Jahren Ehe, nie genau, ob sie damit etwas verbirgt, was sie beunruhigt, oder ob sie eine für sie absolut unwichtige Problemstellung wegwischen will. Aber sie hatte Recht. Was erwartete ich eigentlich? Für nostalgische Treffen waren wir eigentlich noch nicht alt genug.

Im Verlauf des E-Mail-Austausches mit dem organisierenden ehemaligen Mitschüler erfuhr ich, dass drei Klassenkameraden nicht mehr lebten, vier waren schon in Rente. Der Umbruch ins Alter kündigte sich an.

„Die Ehrlichen werden dir über ihre Krankheiten und Ehescheidungen berichten, interessiert dich das wirklich? Und das andere kannst du doch auch vergessen. Lass dir ein Gruppenfoto schicken zum Maß nehmen, wie gut du dich gehalten hast.“

Hätte ich sie mit nichts locken können, wenn ich insistiert hätte, oder erleichterte mich ihre Absage. Wollte ich, wenn überhaupt, lieber alleine fahren? Ich gönnte mir ein Erste-Klasse-Ticket, lehnte mich zurück, und während ich hinaussah auf die lieblichen Hügelschwünge der Schwäbischen Alb und mich unmerklich weiter und weiter von ihnen entfernte, kamen Erinnerungen auf.

Man hatte sich für Mitte September entschieden, damit alle wieder zurück wären aus ihren Urlaubsorten. Die ersten Blattverfärbungen waren schon zu sehen. Bald würde alles in Rot und Gold getaucht sein, lackiert von herbstlicher Feuchte. Ich träumte davon, von der Pyramide durch den schmalen hellgrauen Schlund der Nachkriegsbauten zum Schloss zu schlendern, durchs schmiedeeiserne Tor, an der Schlosskirche vorbei, wie früher, wenn wir durch den Park ins Fußballstadion pilgerten. Dann wollte ich am Turm vorbeigehen in den schummrig-schattigen Bereich des Schlossgartens hinein, in dem glasierte blaue Majolika-Eulen auf bemoosten Sockeln hocken und alle Fragen stellen, die man selbst verdrängt. Ich liebe dieses warme weiche Spiel der rotgoldenen Herbsttöne. „Rostrotgoldgelborange" nennt meine Frau meine Lieblingsfarbe. Ihr Lächeln ist nachgiebig, wenn sie mich damit frotzelt. Sie jedenfalls hält mit Grün dagegen und so sind wir komplementär, wie unsere malende Tochter uns erklärte.

1968

Mitte September vor 40 Jahren hing ich zu Hause rum. Meine Schulkameraden waren fast alle weg, manche beim „Bund“, andere schlauerweise zum Studium in Westberlin, womit man den Militärdienst auch ohne „Inquisition“ umgehen konnte; die Kriegsdienstverweigerung war keine Drückebergerei mehr. Aus Gewissensgründen den Dienst an der Waffe zu verweigern, erfreute sich im Gegenteil zunehmender Beliebtheit, so sehr, dass man sein Gewissen vor einer Prüfungskommission offen legen musste, und wenn man nicht wirklich gut präpariert oder Zeuge Jehovas war, kam man dabei ins Schwitzen. Mir war der Dienst an der Waffe erspart geblieben, weil ich Asthmatiker bin.

Einige meiner Schulkameraden hatten schon ihre Studentenzimmer in ihren Studienorten bezogen oder sich auf Weltreise begeben wie Zacko und Phips, beide vaterlos, unabhängig. Zacko, weil sein Großvater ihm ein Vermögen hinterlassen hatte und Phips, weil er schon jahrelang durch Zeitungsaustragen, Gartenarbeit bei älteren Leuten und Ausführen von Hunden sein eigenes Geld verdiente und jeden Pfennig auf die

Seite legte für dieses Projekt. Mein Zimmer in Heidelberg würde ich erst im Oktober beziehen. Ich bewegte mich wie ein Schwimmer im offenen Meer. Weder sah ich ein klar umrissenes Ziel vor mir noch verstand ich, was mich lähmte und verstimmte, obwohl es mich eigentlich nicht selbst betraf: Die „Große Liebe" zwischen Hubs und Holly.

Seit Fastnacht stand dieses Ereignis im Mittelpunkt unseres Interesses. Wir waren fünf Freunde. Hubert Schiller, genannt Hubs, war mein bester Freund. Nicht etwa Sympathie oder Übereinstimmung unserer Freizeitinteressen verband uns, sondern das Alphabet hatte uns aneinander geheftet: Ich war mit meinem Nachnamen „Runge" „der Letzte mit R", Hubs „der Erste mit S". Auch bei der Neuzusammensetzung der Sexta, wo Schüler aus verschiedenen Volksschulen zusammentrafen, drängte sich keiner zwischen uns. So wuchsen wir zusammen und stellten mit der Zeit fest, dass wir uns perfekt ergänzten. Während ich aus der Deckung meiner Unauffälligkeit heraus die Welt beobachtete und feststellte, worauf es ankam, den zu erwartenden Stoff der Klassenarbeiten antizipierte, instinktiv ahnte, wo etwas Interessantes oder Wichtiges passieren würde, verwandelte Hubs dieses Wissen in Leben, indem er Kontakte herstellte. Zu Leu Hartmanns Vater zum Beispiel, der als Tierarzt oft im Zoo hinzugezogen wurde; ich hatte ihn eines Tages zufällig dort entdeckt. Hubs umschmeichelte ihn so lange, bis er uns mitnahm zur

Geburt einer jungen Giraffe und zur Geburt des ersten Flusspferdbabys. Er bot uns sogar Dingowelpen an, traute uns zu, dass wir sie als Haustiere halten könnten. Das scheiterte allerdings an unseren häuslichen Verhältnissen, an der Tatsache, dass wir keinen Garten besaßen, und der Park der Schiller'schen Villa von Hubs „Klein Versailles" tituliert, sich als Hundeauslauf nicht eignen würde.

Dieter Habers Vater besaß ein Kino. Hubs hätte das ohne mich nicht herausgefunden und ich hätte aus meinem Wissen keinen Gewinn ziehen können, aber Hubs schwatzte Dieter Freikarten ab und bekniete ihn so lange, bis er uns bei einer Vorstellung von Ingmar Bergmans „Schweigen" in den Vorführraum schmuggelte, wo wir beim sirrenden Geräusch der Vorführmaschinen neben den kreisenden Riesenfilmrollen durch einen kleinen Spalt erste Einblicke in die dunkleren Bereiche der Erotik nahmen.

Als wir ins Gymnasium kamen, waren Hubs und ich einander nicht mehr genug. Wir brauchten das Fremde als Stimulus. So koppelten wir uns an ein zweites, ähnliches Gespann an: Robert Wolf, genannt Lupus, und Klaus Seufert, genannt Mendel. Nach dem Bau der Mauer stieß Erka, der zunächst noch Rainer Koslowski hieß, dazu. Auf unproblematische Weise rückte er Mendel auf Distanz zu Lupus und nahm dessen Platz ein. Bei Mädchen hätte so etwas zu einem Eifersuchtsdrama geführt, das wusste ich von meiner

Schwester Sabine, bei Jungs ergaben sich diese Veränderungen zwanglos und unproblematisch. Mich nannte man „Luft“, das war ein zynischer Bezug auf meine Asthma-Anfälle, die in den späten sechziger Jahren allerdings schon sehr viel seltener kamen, weil ich sie mit Hilfe von Medikamenten immer besser zu beherrschen verstand. So ergab sich als neue Konstellation die Gruppe von fünf Freunden.

„Liebelei“, sagte mein Vater, als ich an unserem Mittagstisch und im Konversationston vom Ende der Liebesgeschichte zwischen Hubs und Holly erzählte.

Meine Schwester lachte schrill auf:

„Papa, du bist hinterm Mond daheim. Was soll das denn heißen: Liebelei? Wenn heute was läuft zwischen einem 19-jährigen Gymnasiasten und seiner Freundin, dann ist es Sex, wir leben schließlich im Zeitalter der Pille!“

„Solange wir hier an diesem Tisch zusammensitzen und unsere Mahlzeiten einnehmen, verbitte ich mir diesen Ton.“

Ich weiß nicht, ob sie wirklich „Sex“ sagte, damals im Herbst 1968, vielleicht sagte man noch „knutschen und fummeln“, aber alle am Tisch wussten, was gemeint war. Der Abbau der christlich-konservativen Tabus, die die Adenauerzeit überdauert hatten, hatte längst begonnen. Die ersten „Bravo“-Heftchen machten die Runde und Oswalt Kolle verschaffte der Mehrheit der Heranwachsenden die Ahnung einer Erotik, die weit über das hinausging, was im Ehebett stattfand und dem Zweck der Fortpflanzung diente. Kurz bevor die Liebesgeschichte von Hubs und Holly begonnen hatte, bescherten uns Werner Enke und Uschi Glas neue Rollenmodelle, ohne Trainingsanweisung allerdings. Eine drastischere Sprache setzte sich schneller durch als drastischere Handlungsweisen.

Meine Schwester und mein Vater kreuzten die Klingen, bis Sabine ihr Besteck geräuschvoll auf den Teller fallen ließ, ihren Stuhl zurückstieß und mit Türenknallen aus dem Zimmer stürmte. Jeder trug seinen Standpunkt vor, ohne den anderen ernst zu nehmen. Es war wie immer.

Mutter hielt den Kopf gesenkt und wagte nicht, sich einzumischen. Vaters Gesicht war knallrot, es zuckte darin, und man hörte in der Stille, wenn er schluckte.

Er räusperte und sammelte sich und dozierte dann im üblichen Schulmeisterton:

„In seinem Drama Liebelei hat Schnitzler vor allem den Standesunterschied thematisiert und das, was sich daraus ergab. Du könntest Kenntnisse in dieser Richtung heranziehen, Wolfgang, wenn du dich entscheidest, deine erste Semesterarbeit über Kabale und Liebe zu machen, was ich dir ja dringend empfohlen habe, weil die Aufführung im Badischen Staatstheater sehr gelungen ist und du davon sicher profitieren kannst, den Text nicht nur zu lesen, sondern in der Darstellung auf der Bühne zu erleben."

Ich nickte ergeben, wie immer, aß zu Ende, rollte meine Serviette zusammen, steckte sie in den silbernen Ring mit dem eingravierten „W“, sagte „Danke“ zur Mutter hin und stand auf.

Ich war der perfekte Heuchler. Ich hatte seit einiger Zeit schon ein geheimes Leben, das sich vollkommen unbeobachtet abspielte, mich erfüllte und mir die Möglichkeit gab, die familiären Rituale zur absoluten Zufriedenheit meiner Eltern abzuspulen. In erster Linie verdankte ich diese Freiheit meiner Schwester, die alle elterliche Aufmerksamkeit auf sich zog und meinen Vater nach jedem Disput, den sie mit ihm austrug, in nervöser Atemlosigkeit zurückließ, zu erschöpft, um sich um mehr zu kümmern als um meine Noten, und die waren immer gut. Wolfgang ist unser ganzer Stolz, sagte meine Mutter immer wieder, besonders nachdem ich mich ohne Umschweife für das Studium der Germanistik und Anglistik in Heidelberg eingetragen hatte und damit einen Traum meines Vaters erfüllte. Das wäre er gerne gewesen, Deutschlehrer an einem Gymnasium. Über eine Schnellbleiche zum Schulhelfer und einige Aufsetzerseminare hatte er sich zum Gewerbeschullehrer hochgearbeitet. Mit Schiller und Goethe konnte er seinen Schülern nicht kommen, seine Frustration sublimierte er in eine Sehnsucht, die er mir einimpfte von meinem ersten Schultag an. Ich liebte ihn, liebte meine Eltern, ohne Nähe, ohne Intimität, wie jedes Kind seine Eltern eben liebt, weil sie die Eltern sind, kritiklos, ohne Pathos; sie nicht zu lieben, wäre ein größerer Aufwand gewesen, der meine Kraft von allem anderen abgezogen hätte, was mich interessierte.

Mein Interesse galt meiner Freundesgruppe und allem, was wir miteinander unternahmen. An erster Stelle stand dabei der Statistenjob beim Badischen Staatstheater, in den wir mühelos hineingewachsen waren. Traditionsgemäß bildete der Unterstufenchor des Knabengymnasiums die Kinderchöre der Opern: Carmen, Meistersinger, Verkaufte Braut; ehrgeizige Opernregisseure bedienten sich in dieser Zeit immer öfter der aufhellenden Strahlkraft von Kinderstimmen und -gesichtern.

Nach dem Stimmbruch bot man uns an, als Statisten tätig zu werden, da wir schon mal eingearbeitet und mit der Bühne vertraut waren. Zwischen unseren Auftritten lungerten wir in der Kantine herum, beobachteten die Künstler und versuchten bei den Tanzelevinnen Punkte zu machen. Ganz besonders beliebt bei uns fünf Freunden war Marie-Louise, eine fünfundzwanzigjährige Tänzerin, blond, mit Stupsnase und großen grauen Augen; sie war klein und hatte rundliche Schultern, einen runden Po und einen ziemlich großen Busen, und somit war sie für uns alle eine Projektionsfläche unserer pubertären Lüste. Manchmal saßen wir irgendwo zusammen und phantasierten uns in Liebesnächte mit Marie-Louise hinein, die zu uns allen gleichermaßen freundlich war, aber sehr bald schon eine Schwäche für mich hatte. Warum sie ausgerechnet mich auserkor, war mir damals ein Rätsel. Heute denke ich, meine Größe, mein breiter Rücken, mein kantiges Kinn, meine angeborene Zurückhaltung und vor allem einige Grundkenntnisse der weiblichen Physis ließen mich männlich erscheinen. Dank der unverblümten Sprache meiner Schwester waren diese mir zugefallen und ich verstand sie diskret zu handhaben. Eh ich mich versah, ging Marie-Louise mit mir – nicht Händchen haltend spazieren oder ins Kino –, sondern ins Bett, ausschließlich das. Vor der Öffentlichkeit verbargen wir diese Tatsache, was unser Vergnügen an der Sache enorm intensivierte. Während Lupus, Mendel, Erka und Hubs im Schwimmbad Qualen ausstanden, wenn sich eine Gruppe Schülerinnen des benachbarten Mädchengymnasiums zu uns gesellte, während sie ihre unübersehbare Reaktion auf so viel duftige weibliche Nacktheit mit Badelaken kaschierten oder sich mit schnellen Köpfern ins Wasser retteten, konnte ich mich gelassen und entspannt am Schwimmbadrand räkeln und die Gespräche in gewagte Sphären lenken, die Mädchen necken, reizen, ihre Geneigtheit testen, ihre Wangen zum Erröten bringen und mich so zum notorischen Schwerenöter stilisieren. Ich spürte meine Überlegenheit und plötzlich wuchs mir eine Art Kühnheit zu, wortgewandt, arrogant oder einfühlsam, der jeweiligen Gelegenheit angemessen provozierte ich die

Mädchen und je mehr ich dabei wagte, desto mehr suchten sie meine Nähe.

Im Winter gingen wir alle fünf regelmäßig am Sonntag zu den so genannten Übungsnachmittagen der beiden großen Tanzschulen, auch dort auf der Jagd nach Mädchen. Jeder von uns wurde von den anderen scharf beobachtet, ob er eine Eroberung machte und wenn ja, wurde das Mädchen einer strengen Evaluation unterzogen, Auftreten und Aussehen wurden taxiert, bevor man Wetten abschloss, wie weit man bei ihr kommen könne und was man wohl alles dafür investieren müsse.

Dann kam die Fastnachtszeit. Alles, was uns befangen machte, Pickel, große Ohren, krumme Beine, schmale Rücken, würden wir unter grellen Verkleidungen verstecken, alles Hemmende würde mit reichlich Alkohol weggeschwemmt werden und im Schutz der rotierenden Halogen-Lichter könnte man wagen, wovon man den Rest des Jahres nur geträumt hatte.

1968

Hohe Erwartungen werden meist enttäuscht, wenn man sich nicht dazu diszipliniert, sie als erfüllt zu betrachten. Die schrillen Schreie der Mädchen, die immer in Cliquen auftraten, ihr Gehopse, Gekicher, das Tam-Tam, das sie um ihre Verkleidungen, ihr Make-up machten, erschwerten unsere Stehbluesangriffe. Gegen Mitternacht hatten wir fünf uns frustriert in eine Plüschecke zurückgezogen; unsere Lider abgesenkt, stumm, ermattet beobachteten wir das Treiben um uns her und bemerkten sie erst, als sie direkt vor uns stand, vor Hubs, ihn fragte, ob er mit ihr tanzen wolle, geduldig wartete, dass er sich aufrappelte, ihn bei der Hand nahm und sich mit ihm ins Gewühle begab.

Ohne ein Wort der Verständigung erhoben wir uns und näherten uns der Tanzfläche, nahmen einen Beobachtungsposten ein, der uns direkten Blick auf das Paar erlaubte.

Sie war groß, auf Augenhöhe mit Hubs, der nahezu meine Größe hatte. Auf dem Kopf trug sie einen glänzenden Turban, aus dem vorne dichte schwarze Ponyhaare und am Hinterkopf ein langer Pferdeschwanz quollen. Ihre großen schwarzen Augen, die langen gebogenen Wimpern, die knochigen Schultern, ein Hängekleidchen aus glitzernder Faschingsseide, aber ganz besonders die Tatsache, dass wir kurz zuvor zusammen bei den so genannten Filmkunsttagen des Resi-Kinos in der Waldstraße „Frühstück bei Tiffany“ gesehen hatten, ließ in unseren Köpfen die gleiche Assoziation aufblühen: Holly Golightly! Sie sah aus wie Holly Golightly! Sie tanzte mit Hubs, ausgelassen, fröhlich, einen akrobatischen Twist und musste sich vor Lachen krümmen, weil er irgendeinen Scherz gemacht hatte, der ihr gefiel, dann „Let's go to San Francisco“ schmolz sie fast weg in seinen Armen, schmiegte ihr Gesicht an seines, so dass die beiden aussahen wie eine januskopfige Gottheit, die sich dem tranigen Takt des Songs hingab, um sich darin aufzulösen. Wir waren nur scheinbar lässige Zaungäste. In jedem von uns wuchs eine diffuse Spannung: Was bahnte sich da an? Hubs nutzte die Gunst der Stunde, klar berechnend oder überwältigt von instinktiver Ursehnsucht, er drehte seinen Kopf Millimeter um Millimeter, bis ihre Mundwinkel einander berührten und – jetzt, dachten wir, jetzt wird er sie küssen, mitten in diesem Affenzirkus wird Hubs ein Mädchen küssen, das aussieht wie Audrey Hepburn und das ihn ausgewählt hat, weil er ihr gefällt, das sah man nämlich, man sah ihr an, wie sehr er ihr gefiel; ihre Augen strahlten, jedes Mal, wenn sie seinem Blick begegneten.

Aber er tat es nicht, er küsste sie nicht, die Musik war zu Ende und der Zauber auch. In der folgenden Stunde wechselten Erka, Lupus, Mendel und ich uns beim Abklatschen ab, trennten die beiden, ließen sie wieder minutenlang zusammenfinden, jagten ihnen nach durch die Räume, stellten sie, als sie gerade dabei waren, ihre Mäntel zu holen und hängten uns an ihre Fersen, als sie hinausgingen in die eiskalte, mondhelle Nacht.

Sie müsse heim, spätestens mit der letzten Bahn, das sagte sie, nachdem Hubs uns brav vorgestellt hatte. Sie lächelte jeden von uns an, fröhlich und freundlich, sah uns in die Augen, so als ob sie sich unsere Gesichter einprägen wollte, jedes einzelne. Auf ihrer Oberlippe, kurz über dem linken Mundwinkel hatte sie einen großen Schönheitsfleck, der sich bewegte, wenn sie lächelte und wenn sie sprach.

Sie stieg ein in die Bahn Richtung Durlach, erschien gleich wieder am Fenster, presste beide Hände an die Scheibe, drückte plötzlich ihre Lippen ans Glas und ihre Augen schlossen sich zu federgesäumten Schlitzen. Ich dachte, warum steigt er nicht ein, warum begleitet er sie nicht nach Hause, warum geht er nicht hin, warum holt er sich diesen Kuss nicht ab? Aber ich sah, dass Hubs auf eine unwirkliche, fast heilige Weise ergriffen war von dem Wunder, das sich ereignet hatte, und erst mal Zeit brauchte, es zu verdauen.

Da kam zu allerletzt noch einmal Bewegung in ihn: „Morgen um zehn an der Hauptpost, ja? Morgen um zehn! Hörst du, morgen um zeeeeeehn!“, schrie er und sie nickte, hielt beide Hände hoch, spreizte die Finger. Als die Bahn sich langsam in Bewegung setzte, verzerrte sich ihr Bild, schrumpfte zum schwarzen Strich, das Quietschen der Bahn in der ersten Kurve gleich hinter der Pyramide setzte einen Schlussakkord.

Uns hatte Hubs vorgestellt, aber nach ihrem Namen hatte er sie nicht gefragt. Deshalb blieb sie Holly für uns. Nur Holly. Dass wir sie so nannten, gefiel ihr gut. Sie nahm diesen Spitznamen sofort an und fühlte sich uns gleichwertig damit. Ein normales Mädchen mit einem normalen Namen würde zu uns verrückten Typen gar nicht passen, behauptete sie.

2008

Wer erinnert, rutscht aus der Zeit. Wie lange fuhr ich? Zwei, drei Stunden? Bei meiner Ankunft in Karlsruhe hörte ich unseren Geschichtslehrer dozieren „Carols Ruhe heißt uns willkommen, wie einst der Gründervater seine ersten Bürger anno 1715". Er schaffte es jederzeit, irgendein noch so unbedeutendes Detail zu einem pädagogischen Akt aufzublähen. So waren nicht alle Lehrer, aber viele. Mein Vater war so, er hatte quasi einen eingebauten Streckmechanismus im rechten Zeigefinger: „Passt auf, Kinder!" Immer belehrend, immer wie von einem Podest herab. Sabine wollte ihn stürzen, ich duckte mich aus seiner Sicht weg.

Der Bahnhof war noch der Karlsruher Bahnhof und war es doch nicht mehr. Als ich auf den Platz trat, übermannte mich ein vages Déjà-vu-Gefühl, das mir einen Kloß im Hals wachsen ließ. Ich stieg ein in die Straßenbahn, die nun ein S vor der Nummer hatte. S wie S-Bahn, wie alle Stadt-Bahnen, wo auch immer. Das Beruhigende des Normalen, das sich dem Unvermeidlichen fügt, arbeitete an gegen die Aufwallung sentimentaler nostalgischer Eruptionen in mir. Los ging's, am Schlosshotel vorbei, weiter durch die Ettlinger Straße, entlang der Mauer zum Stadtgarten. Versteckt unter großen Bäumen stand immer noch das Tulla-Bad, – ja, im Tulla-Bad, da hatte die „Fleischbeschau" stattgefunden, wie Mendel es nannte. Aber das kam später erst, nach dem ersten Wiedersehen an der Hauptpost.

1968

Der erste Statistenjob war für uns wie eine Eintrittskarte in eine andere Welt. Wir spielten Männer jeden Alters und fühlten uns dadurch erwachsener als wir es waren. Manche Kinderei hörte sofort auf. Fahrradrennen durch den Hardtwald, Fußballspielen auf dem Parkplatz neben dem Theater unter den alten Bäumen, Comics sammeln und tauschen. Ein ausgeprägtes bleibendes Hobby hatten nur Erka und Mendel.

Erka experimentierte gern mit „Stoffen", wie er es nannte. Mit Hilfe von Essenzen, viele davon klaute er bei seiner Mutter im Laden, Wässerchen und Pülverchen, die sie zum Herstellen der Tönungen und für die Dauerwellen ihrer Kundinnen brauchte, stellte er Mischungen her, freute sich an Verfärbungen, Gasentwicklung und kleinen Explosionen. Spektakulärstes Erfolgserlebnis war eine Sprengung im Karpfenteich hinter der Orangerie, die vielen altgedienten Bewohnern das Leben kostete. Erka reizte nicht das Töten, sondern die plötzliche unumkehrbare Veränderung eines Zustandes dabei. Und wir staunten befangen und stumm.

Mendel wollte Biologie studieren. Er sammelte Käfer, Insekten, Schmetterlinge, spießte sie mit Stecknadeln auf Bretter, klebte kleine Schilder darunter, auf denen die lateinischen Namen standen. Im Grunde kopierte er dabei seinen Vater, der Briefmarken sammelte und daraus seine ganze Fröhlichkeit schöpfte, davon hatte er allerdings reichlich. Eigentlich waren die Eltern unserer Freunde nur irgendwelche Leute, die wir glaubten zu kennen, weil wir uns dann und wann, wenn sie uns wirklich auf die Nerven gingen, über sie beklagten. Dabei blieben sie schemenhaft, denn der weibliche Hang zum Psychologisieren, der sich damals schon bei Mädchen durchzusetzen begann, ihrem Getratsche einen seriösen Anstrich verlieh, war uns Jungs fremd.

Was für ein Wandel!

Wie viele Stunden haben Hanna und ich mit unseren Kindern in Sandkästen, an Tennisplatzrändern verbracht, wie oft haben uns beim Grillen am See oder beim Schein von Kerzen die heranwachsenden Freundinnen unserer Tochter in ihre Gespräche eingebunden, die meisten nennen uns beim Vornamen und freuen sich, auf einen kleinen Schwatz bei uns stehen zu bleiben, wenn sie uns irgendwo begegnen.

Herr Seufert, Mendels Vater, war die einzige Ausnahme damals. Er war Oberinspektor im Finanzamt, also „gehobener Dienst“, er hatte noch vor dem Krieg ein Studium begonnen, dann aber seine akademischen

Träume aufgegeben, um eine Familie zu gründen. Dieser immer freundliche, aufgeschlossene Mann, sein Lächeln, sein „Grüß die Eltern schön von mir“ verblüffte mich. Wie konnte ihm diese Lebensfreude gelingen angesichts all des Aktenstaubes, zwischen dem er seine Tage verbringen musste.

Mendels Hobby ging uns alle an. Wenn er die Idee hatte, irgendwo könne er eine noch nicht dokumentierte Subspezies des Rüsselkäfers finden, wenn er sich mit ernster Miene und mit Klopfschirm, Alkohol, Pinzette und kleinen Röhrchen bewaffnete, holte Lupus die Leica seines Vaters aus dem Schrank und wir fuhren zusammen los. Wir ließen uns von Mendels Sammeleifer anstecken, sein Glücksgefühl bei einem viel versprechenden Fund oder seine Enttäuschung, wenn er ihn genau beschrieben vorfand in einem der Schinken, die er nach und nach aus der Schülerbibliothek entwendete und als nicht auffindbar meldete, konnten wir nicht nachvollziehen. Aber wir bewunderten ihn. Sein wissenschaftlicher Eifer ließ ihn erwachsen wirken. Wissenschaftler zu werden bedeutete eine Möglichkeit, sich als Mitglied in die Gesellschaft einzugliedern. Das Leben als Erwachsener stand uns halb als Verheißung und halb als Drohung immer wieder vor Augen. Mendel empfand das Bedrohliche dieser Aussicht nicht. Das Sammeln seiner „Objekte“ war seine Leidenschaft, und er wollte bald einen Beruf daraus machen, was er auch geschafft hat. Ihn habe ich als

Einzigen der vier in der Zwischenzeit getroffen. Er lebt in Boston, kam irgendwann vor mehr als zehn Jahren zu einem Kongress nach Zürich, rief von dort aus bei uns an, wollte uns besuchen, aber irgendetwas passte bei uns nicht, und so blieb es bei einem kurzen Treffen im Konstanzer Bahnhofslokal, zwei Kaffee, zwei Butterbrezeln, ein bisschen vorsichtige Nostalgie, und dann fuhr er mit dem übernächsten Zug weiter gen Norden. Wir waren Mitte vierzig damals, und man konnte ohne Mühe in unseren Gesichtern die Züge der Buben finden, die wir einmal gewesen waren. Aber jetzt?

2008

Am Ettlinger Tor sah ich das heutige Staatstheater. In dieser Stadt hat die dramatische Kunst viel umherziehen müssen: das alte Theater, das Hoftheater, das Konzerthaus. Warum machte man ihr das Sesshaftwerden so schwer und sperrte sie schließlich ein in diesen Betonklotz? Ist es Ausdruck kleinbürgerlicher Berührungsängste mit dem Spielerischen, den anderen Möglichkeiten, den nur gedachten, erträumten oder befürchteten, verworfenen oder doch immanent stets drohenden, die in den virtuellen Realitäten der Kunst auffindbar verborgen sind?

Unser Theater damals am Rand des Stadtgartens, die samtenen Plüschsessel, der kläglich quietschende eiserne Vorhang, die Kantine mit den rohen Holztischen, den lackierten braunen Stühlen, der Geruch der schwarzen Tücher, die den Bühnenrand kaschierten, überhaupt die Gerüche, Schminke, Puder, die markierenden Striche in unseren Gesichtern, die uns böse, zornig, verträumt aussehen ließen, selbst dann, wenn wir es nicht waren, und die Abschminkschmiere danach, unsere rot glänzenden Gesichter, wenn wir uns durch die Nacht nach Hause trollten ... ja, unser Theater war wunderbar. Es war behaglich und befremdlich zugleich, bot uns genau so viel Gegenwelt zu unseren bürgerlichen Elternhäusern, wie wir ertragen konnten.

1968

Wir fünf standen wie verabredet ab halb zehn unter den Arkaden vor Zigaretten-Kohm und Wäsche-Pfisterer, mit sehnsuchtsvollem Blick aufs Moninger gegenüber, denn es war sehr kalt in diesem Februar. Wir traten von einem Bein aufs andere und warteten. Immer wieder fiel der Blick auf die große Uhr vor der Post, erstaunt, dass die Zeiger sich kaum bewegten.

Vor dem alten Sandsteingebäude lagen schon die Eisengestänge, die zur Tribüne aufgebaut würden für den Fastnachtsumzug zwei Tage später. Die Prominenz aus Politik und Wirtschaft würde dort sitzen, mit gelbroten, goldlitzenbesetzten Narrenschiffchen über den glänzenden Gesichtern. Ich erinnerte mich mit Unbehagen daran, dass wir im Vorjahr Lupus' Vater neben seiner Sekretärin, Fräulein Zach, dort entdeckt hatten. Lupus mochte sie eigentlich gern, weil sie ihm Süßigkeiten schenkte und sich, wann immer er im Büro seines Vaters auftauchte, Zeit für ihn nahm, mit ihm redete auf Augenhöhe. Er nannte sie „Klein Zack" in Anlehnung an den Zwerg aus Hoffmanns Erzählungen, weil sie kaum größer als 1 Meter 50 war, rundlich und lustig. Aber dass sie dort neben seinem Vater auf der Tribüne saß und dass Herr Wolf sie ständig abküsste, umarmte, abküsste, endlos, das gefiel Lupus überhaupt nicht. Obwohl wir ihn zu beruhigen versuchten, ihn beschworen: „Mensch, Lupus, es ist doch Fastnacht, da geht es eben überall so zu, beruhige dich doch, es heißt ‚die tollen Tage', da wird halt gesoffen und gefummelt, das ist normal", konnten wir ihn nicht davon abhalten, zur Schwarzwaldhalle zu eilen, sich dort aufzubauen, in der Kälte stehen zu bleiben, bis die Wagen mit ihren Pappmachéfiguren ankamen, in ihrem Gefolge die Mercedes-Limousinen mit den Hornbrillenträgern, unter ihnen auch Zwerg Zack im Arm von Herrn Wolf. Lupus sprang seinen Vater an wie ein Tier, der schüttelte ihn ab, schnalzte mit den Fingern nach seinem Chauffeur, der Lupus in Polizeigriff nahm, aus dem wir ihn befreiten.

Lupus hatte daraufhin Stubenarrest, den wir überbrückten mit einer neuen Aluminiumleiter, die wir aus der Turnhalle „ausliehen", und das trug uns allen Direktionsarrest ein. Aber nach diesen Disziplinarverfahren der Eltern und Lehrer ging es weiter wie zuvor. Nur dass Lupus nun wusste, was er längst vermutet hatte, dass sein Vater eine Geliebte hatte, bei der er jeden Dienstag- und Donnerstagabend einkehrte. Die Samstage und Sonntage verbrachte er damit, den Ehemann und Bürger seiner Stadt zu spielen, Kirchenbesuch inbegriffen, das alles lief wie am Schnürchen. Die

Vermutung hätte Lupus auch als Tatsache wahrscheinlich wegstecken können, dass allerdings Zwerg Zack des Pudels Kern war, verbitterte ihn. Seine schlechte Laune hielt sich bis in den frühen Sommer hinein. Er baute einen tiefen grimmigen Hass auf gegen die alten Heuchler, unsere Väter und Lehrer, die er der Einfachheit halber alle in einen Topf warf. Man kam mit rationalen Argumenten nicht an ihn ran.

„Ihr habt gut reden", sagte er. „Eure Väter sind anders und dein Vater ist der allerbeste, weil er tot ist."

Erka nahm ihm das nicht übel, weil die beiden schon lange Freunde waren. Inzwischen bildeten sie genau wie Hubs und ich jene Art Doppelwesen, zu dem viele Jungs zusammenwuchsen und das sie für den Rest ihrer Jugend blieben, um der Welt zu trotzen, die sich vor ihnen auftat wie ein Pandämonium. Nichts als Verbote und Gebote, Pflichten, Erwartungen, Forderungen, ein Spießrutenlauf, den man zu zweit besser schaffte, zumal zumeist unähnliche, einander komplementäre Freunde zusammenfanden, so als ob sie als Doppelwesen runder und vollkommener würden, dem Lebenskampf besser gewachsen.

Vielleicht dachten auch die anderen an diesen unschönen Ausklang des Fastnachtsdienstags vom Vorjahr und stellten sich deshalb mit dem Rücken zur Hauptpost auf. So sahen wir das Grüppchen erst, als es durch die Arkadenpfeiler auf uns zutrat. Drei Mädchen, Arm in Arm. In der Mitte eine große, dünne

Gestalt in Dufflecoat, karierten Hosen, eine Wollmütze tief in die Stirn gezogen; eine ihrer Begleiterinnen hatte blonde Locken, an die andere erinnere ich mich nicht mehr. Gespannt verharrten wir. Ich stand an die Schaufensterscheibe von Zigaretten-Kohm gelehnt, von den anderen abgerückt, konnte beobachten, was sich im Gesicht von Hubs abspielte. Freudige Erwartung, Verlegenheit verwandelten sich unmerklich in Staunen und befremdete Anspannung. Ich blickte von ihm zu den Mädchen, um das zu sehen, was diesen Sinneswandel ausgelöst haben mochte.

Holly war wirklich dünn, aber kleiner als am Vortag. Sie trug jetzt flache Schuhe und reichte mir nur bis zum Kinn. Ihre Augen waren nicht schwarz, sondern braun-grün, die Wimpern kurz, der große Leberfleck auf ihrer Oberlippe fehlte. Stattdessen war ihr Nasenrücken gesprenkelt mit Sommersprossen, auch im Winter. Ihr Blick flatterte von einem zum anderen, zurück zu Hubs, verharrte dort, es war keine Fröhlichkeit darin, eher Sehnsucht vielleicht, oder Hoffnung. Ich weiß es nicht mehr.

Später, als wir im Moninger einkehrten, zog sie die Mütze ab. Sie tat es nachlässig, nicht mit dem für Mädchen üblichen Getue, das sie um ihre Haare machten, die man bloß nicht anfassen durfte, weil sie „Frisur" waren. Holly hatte kurz geschnittene, rötlich braune Haare, die weich glänzten. Ihr Gestrubbel erschien mir wie eine Aufforderung zum Streicheln. Es ergab sich, dass ich neben ihr saß, so entdeckte ich eine Sommersprosse genau dort, wo am Vortag der Leberfleck gesessen hatte. Als ich sie sah, musste ich unwillkürlich lächeln. Er war da, der Schönheitsfleck, aber anders, echt. Über der hautengen Karohose trug sie einen riesigen dicken Rollkragenpullover, der ihr über den Po reichte. Die Ärmelenden zog sie über ihre Hände, sie sah schutzbedürftig aus, zart, trotz ihrer Größe.

Die Kellnerinnen hatten sich kleine Hüte mit Gummibändchen auf die toupierten Haare geheftet und Glimmerglanz-Make-up ins Gesicht geschmiert, aber ihr Gehabe war mürrisch wie immer. Auf den Tischen waren Luftschlangen und diese kleinen bunten Papierbällchen ausgestreut, die wir aufgriffen und uns gegenseitig ins Gesicht warfen, ein linkischer Versuch, die Verlegenheit zu vertreiben, die sich zwischen uns breit machte. Wir redeten über die Lehrer und den Schulstoff, die Gespräche schleppten sich zäh dahin. Nachdem wir unsere Cola ausgetrunken hatten, machten wir uns auf, schlenderten die ausgestorbene Kaiserstraße entlang und unterhielten uns weiter belanglos, vielleicht über den KSC, wir waren alle unerfahren in dem, was man Anmache nennt.

Am Marktplatz stiegen die drei Mädchen in die Straßenbahn ein, auch dieses Mal ohne Kuss. Hubs blieb stumm.

„He, was ist denn los? Hat's dir etwa die Sprache verschlagen?"

„Die sieht überhaupt nicht aus wie Audrey Hepburn."

„Was hast du denn erwartet, Hubs, dass du in den Armen einer Hollywoodschönheit demnächst deine Jungfernschaft opfern kannst?"

„Penner!"

„Wirklich Hubs, ich fand das echt stark, wie sie auf dich abgefahren ist. Das hat Potenzial, glaub mir."

Erka war seit Wochen an einer „Braut dran", einem netten und anschmiegsamen Mädchen aus seiner Nachbarschaft, mit dem er renommierte, wenn wir unsere Männergespräche führten.

Hubs schüttelte sich wie ein Hund.

„Ich weiß nicht."

„Hubs, das ist das wirkliche Leben, wach auf. Solche Mädchen sind keine Weiber zum ..., na du weißt schon, was ich meine. Man muss die umschmeicheln, weich klopfen, vielleicht mit Gedichten, Blumen, Geschenken und so. Man kann sie nicht einfach flach legen. Aber dann, verstehst du, dann wird was draus. Dann hat man's geschafft." Lupus klopfte Hubs gönnerhaft auf die Schulter.

„Ich finde, sie sieht wirklich ganz anders aus."

„Was meinst du, Hubs, wie die Kunigunde?"

Das konnten wir mühelos – unsere Theatererfahrung in Codewörter verwandeln.

„Mir kommt sie eher vor wie das Käthchen, das feine, zarte, geheimnisvolle Käthchen von Heilbronn."

Diese Replik entschlüpfte meinem Innersten, impulsiv und ehrlich. Wie ehrlich, wusste ich damals noch nicht.

Hubs und Lupus Väter waren beide Unternehmer. Herr Schiller hatte eine Arzneimittelfabrik und Herr Wolf leitete die Maschinenfabrik, Familienbesitz seit mehreren Generationen. Die Mütter spielten Tennis und taten viel Gutes in der Kirchengemeinde, im Internationalen Frauenverein, aber nicht zu Hause. Dort glänzten sie vor allem durch Abwesenheit, überließen ihre Kinder und den Haushalt wechselnden „Mädchen", die wenig qualifiziert waren für Hausaufgabenkontrolle und Gespräche bei Frustrationsstau wegen ungerechter Benotung. Lupus und Hubs waren beide Nachkömmlinge, beide hatten zwei ältere Geschwister, die irgendwo studierten und, wenn sie Stippvisiten machten, die kleinen Brüder gönnerhaft in ihre Geheimnisse einweihten und mit dem Schatz ihrer Erfahrungen prahlten. Ich glaube, die beiden sehnten sich am meisten nach einer Freundin, im wahrsten Sinne des Wortes, und erhofften sich auf redliche Weise eine allumfassende erotische Versorgung.

Am Rosenmontag klapperten wir die Tanzschuppen ab, landeten dort, wo sich das Mittelalter fummelnd und knutschend amüsierte, und auch im Crazy Horse unter dem Universum Kino, das mit ein paar Luftschlangen und mit einigen Schlagern wie „Es gibt kein Bier auf Hawaii" oder „Gell, ich hab dich gelle gern ..."

dem Druck der Stunde nachzugeben versuchte. Es roch süßlich dort, aber was ein Joint war, wussten wir noch nicht.

Holly fanden wir nirgends. Inzwischen hatte Hubs ihre Telefonnummer und Adresse herausgefunden. Sie habe sich erkältet und liege im Bett, das erklärte er uns, als wir uns am Dienstagmorgen bei Erka trafen, dessen Mutter noch bis in den Nachmittag hinein Köpfe frisieren würde, das letzte Aufgebot vor dem allertollsten Abend. Den Fastnachtsumzug ließen wir aus.

Wir hätten den Beginn der „68-Revolution" in unserer Heimatstadt nicht mitgekriegt, wäre Sabine nicht auf dem Foto zu erkennen gewesen, das damals in den BNN am Aschermittwoch auf der ersten Seite des Lokalteils prangte. Es gehörte zu einem Artikel über eine Demonstration, deren Ziel es gewesen sei, den Umzug zu stören, was aber dank des umsichtigen und geordneten Handelns der Polizei und der kühlen Gelassenheit der Passanten, die sich von dem kleinen Grüppchen fehlgeleiteter Jugendlicher nicht hatte stören lassen, verhindert werden konnte. So liest sich das heute in der Karlsruher Stadtgeschichte.

Dieses schöne blitzeblaue Buch steht neben meinem Schreibtisch im Büro. Ich lese oft darin, Hanna habe ich es nie gezeigt. Warum weiß ich nicht, genauso wenig weiß ich, wonach ich in diesem Buch eigentlich immer wieder suche.

Vater blieb damals den ganzen Tag im Schlafzimmer. Sabine tauchte nicht auf und Mutter schickte mich auf die Polizeiwache, ich solle nachfragen, ob sie festgenommen worden sei. Die Beamten lachten mich aus, klopften mir auf die Schulter und sagten:

„Na, du bist ein schlauer Bub, was, du lässt dich in so was Dummes nicht reinziehen!"

Am Abend, als Sabine endlich kam, als sie sich Mutter gegenüber erklärt hatte, passte ich sie ab, und sie erzählte mir zum ersten Mal von Theo, dem Installateur, ihrem Freund. Ich ließ sie reden, mehr wollte sie an diesem Abend nicht. Nach zwei Stunden umarmte und drückte sie mich. Das hatte ich lange schon nicht mehr erlebt.

Es folgten betriebsame Wochen, eine Theaterproduktion, die uns viele anstrengende Nächte bescherte, und eine Folge von Klassenarbeiten, die für unser nahendes Abitur wichtig waren. Wir hatten keine Zeit, uns um Hubs Privatleben zu kümmern, und wussten nicht, ob die Sache mit Holly weiter ging oder zu Ende war.

Dann, eines Tages, platzte er raus damit: „Morgen treffe ich mich mit ihr im Tullabad. Es wäre schön, wenn ihr mitkommen könntet."

„Warum denn da, um Gottes Willen?"

„Ich weiß nicht, ich komme nicht recht voran mit ihr und ich dachte, man muss mal nackte Tatsachen schaffen."

Wir begleiteten ihn alle, so als ob das ein offizieller Termin wäre. Im Foyer des Tulla-Bades setzten wir uns auf die Heizkörper und warteten. Hubs zog ein ausgerissenes Zeitungsblatt aus der Tasche, faltete es auf und hielt es uns unter die Nase. Eine Karikatur, ein „Cartoon“ würde man heute sagen. Die schematische Zeichnung eines Mannes und einer Frau. Überschrift: Die erogenen Zonen. Bei der Frau rund zwei Dutzend Pfeile, auf die Ohren, den Hals, den Mund, die Achselhöhlen, den Busen, Bauchnabel, die Oberschenkel, Kniekehlen, die Sprunggelenke und einer auf jeden Zeh gerichtet. Beim Mann zeigte die gleiche Anzahl von Pfeilen nur auf seine untere Mitte. Ein Seufzer entrang sich Erkas Brust.

„Tja! Aber dazu sollte man noch einen Terminplan machen, wann man wohin greifen darf.“

Greifen, angreifen, ergreifen, begreifen, was es auf sich hat, was das ist, das uns umtreibt, getrieben wurden wir und kämpften darum, uns nicht treiben zu lassen. Die Erinnerung kümmert sich nicht um korrekte Chronologie, überprüfbare Fakten, sie schafft neue Tatsachen, abhängig vom aktuellen Blickwinkel, und es entstehen Geschichten, die erzählt werden wollen. Endlich sollte ich den Mut haben, über all das zu reden. Ganz besonders mit meiner Frau.

Sie kamen wieder zu dritt. Holly in Mütze, Dufflecoat und Großraumpullover. Wir standen sekundenlang stumm voreinander.

„Mhm. Äh, der Pullover da, der steht dir gut! Passt zu deiner Augenfarbe."

Ich weiß nicht, woher ich die Eingebung nahm, das zu sagen, aber ich sagte es und ich erinnere mich genau, wie sie sich mir zuwandte und mich anschaute.

„Tja, schönes Grün!" Hubs wollte sich die Sache nicht aus der Hand nehmen lassen.

Da lächelte Holly, sie legte den Kopf schief, ihre Augen wurden schmal dabei, die überdimensionale Sommersprosse dehnte sich zu einer Ellipse.

„Na, wollen wir? Auf zur Fleischbeschau!" Mendel klang sachlich, so als ob er etwas hinter sich bringen wolle. Wir trennten uns vor den Umkleidekabinen und stießen wieder aufeinander, als wir durch die Glastür in die kühle, helle Schwimmhalle gelangten, der Ausblick in das Grün des Stadtgartens war im Frühling wunderschön, aber sicher hat keiner von uns darauf nur eine Sekunde verschwendet. Die „Fleischbeschau" geschah verschämt und verstohlen. Blicke tasteten sich vorwärts. Aber bevor sich die Verlegenheit richtig breit machen konnte, warf Holly ihr Handtuch auf die beheizten Sitzstufen und rannte zu einem der Startblöcke. Sie zog ihre Badekappe auf und sprang mit gekonntem Startsprung ins tiefe Becken, tauchte unter, tauchte auf, winkte uns:

„Los, kommt doch, seid ihr wasserscheu?"

Wir folgten ihr, schwammen hinter ihr her, die beiden anderen Mädchen positionierten sich auf den gewärmten, breiten Sitzstufen auf der rechten Seite und beobachteten alles.

Holly war ausgelassen, fröhlich, sie bewegte sich sorglos, zupfte nicht ständig an ihrem Badeanzug, wie Mädchen das tun, sie tauchte unter und zwickte uns in die Beine, sie stemmte sich aus dem Becken, rannte weg, floh in den hinteren Teil der Schwimmhalle, ins Nichtschwimmerbecken, ins wärmere Wasser, wohin die Sicht des Bademeisters nicht reichte, und dort veranstalteten wir eine Spritzschlacht, die damit endete, dass Hubs auf Holly zuging, sie in die Arme nahm, ihr die Arme an den Körper klemmte und sie küsste. Lachend befreite sie sich, nahm seinen Kopf in beide Hände und küsste ihn wieder, löste sich mit einer geschickten Wendung, wie ein Delphin bog sie sich, tauchte ein und unter und schwamm unter Wasser am Beckenboden entlang, blieb lange, lange verschwunden, so dass wir die Luft anhielten, unser Übermut abkühlte, Unsicherheit schon fast in Sorge umschlug, da tauchte sie auf, stieg aus dem Wasser, das an ihrem schmalen Körper ablief, nur in ihren Wimpern hingen noch Tropfen, ihre Augen waren gerötet, sahen aus, als ob sie geweint hätte, aber sie kicherte, lachte dann, hörte erst auf, als der Bademeister durch die Glastür trat und sich breitbeinig dort aufbaute. Die anderen beiden Mädchen saßen auf ihrem Beobachtungsposten wie der Chor in der griechischen Tragödie. Sie tuschelten miteinander und ließen uns nicht aus den Augen.

Dann glitten auch sie geziert ins Wasser, nicht ohne zuvor den Badeanzug über die Pobacken gezurrt und die Haare, auch das allerletzte Härchen, unter die Gummihelme gezwungen zu haben. Sie schwammen Bahnen, den Kopf immer schön über Wasser und jeden Spritzer in ihrer Nähe wehrten sie mit Stirnrunzeln und Lidgeflatter ab.

Später gingen wir noch in die „Milchbar" gegenüber der Kasse, aßen Brezeln und tranken Erdbeershakes. Hollys Heißhunger passte nicht zu ihrer Figur. Und doch, es war der Hunger der Dünnen, der sorglos und zielgerichtet nur eines verfolgt, dem elementaren Bedürfnis nachzugeben.

Hubs hatte einen zweiten Anlauf genommen, das war klar. Von diesem Tag an gab es bei ihm nur noch ein Thema: Holly. Und von da an „gingen sie miteinander". Von da an brauchte sie ihre Eskorte nicht mehr, sie kam immer allein. Uns wurde Hubs jedoch nicht so schnell los. Wir machten uns einen Sport daraus herauszufinden, was die beiden vorhatten, und fast überall waren mindestens einer von uns, aber meistens alle vier, dabei.

2008

Ich hatte nicht lange nach einem anderen Hotel gesucht, sondern mir im Kaiserhof ein Zimmer reservieren lassen, den kannte ich von früher, mein Vater feierte dort fast regelmäßig seinen Geburtstag mit der Familie und einem guten alten Freund, einem ehemaligen Schulkameraden, den wir Kinder Onkel nannten. Erfreut stellte ich fest, dass die unscheinbare grundsolide Innenstadtatmosphäre immer noch die gleiche war wie damals. Kein verrücktes Design, keine „Haute Cuisine“. An der Rezeption wurde ich mit einer Reihe von Prospekten versorgt, die mich über „Kulturelles“ informierten, so als ob ich in Wien, London oder Helsinki wäre. Ich nahm eine kleine Mahlzeit zu mir und ging anschließend in die anbrechende Dämmerung hinein, warf einen kurzen Blick auf die Pyramide, bog dann sofort ab in die Hebelstraße, wo statt dem Non-Stop Regina Kino jetzt eine Vinothek mit Stil die Gourmets der Stadt zur Degustation einlädt, weiter in die Lammstraße, vorbei am Eingang der Tanzschule, in der alles damals begann. Sie existiert dort nicht mehr, vielleicht gibt es sie überhaupt nicht mehr. Banken,

Anwaltspraxen und schließlich die Industrie- und Handelskammer im Schulterschluss dominieren den Osten des immer noch schönen Platzes. Ich schlenderte zum neuen Einkaufszentrum, um mir einen Krimi zu kaufen; wenn mich wie oft Schlaflosigkeit befiele, würde ich sie nicht wie zu Hause am Computer bekämpfen können.

Dem Walfischbauch der Mall entkommen, musste ich zunächst Orientierung suchen, bevor ich die Verkehrsführung der verwandelten Kriegsstraße und das blaue Denkmal am Ettlinger Tor genauer in Augenschein nehmen konnte; all das waren keine Überraschungen, denn seit es das Internet gibt, können ja auch Feiglinge reisen. Virtuell war ich schon viele Male zurückgegangen und hatte versucht, mich der Vergangenheit zu stellen.

Der neue Theaterbau zog mich an. Sein Baustil verrät von weitem schon, dass er nun fast 40 Jahre alt ist. Beim Näherkommen sah ich den Musengaul, ein Blick in sein Auge versöhnte mich mit der Nüchternheit des Gebäudekomplexes. Nun bemerkte ich auch die interessante Gliederung der Fassade, es lockte mich, hineinzugehen.

Einzige Vorstellung an diesem Abend: „Grimmige Märchen". Ja, es gebe noch Tickets, sagte mir die Dame hinter ihrem Aquariumsglas, im Hintergrund ertönte der Gong, rief nach mir persönlich, so schien es mir. Ich hatte kaum meinen Platz gefunden, da wurde ich schon von Dunkelheit überschwemmt. Ich schaffte es gerade noch, das Programm aufzublättern und zu lesen: Friedhelm Becker, Kurt Müller-Graf, Michael Rademacher.

Nein! Das konnte doch nicht sein. Ob meine Phantasie mich genarrt hatte, würde ich erst wissen, wenn ich aus dieser verwunschenen Dunkelheit wieder auftauchte ans Licht, das war mir klar, als drei unmenschliche, übermenschliche Gestalten aus der Versenkung nach oben fuhren.

1968

Wir hatten die Möglichkeit, Theatervorstellungen zu besuchen, mussten nur einen kleinen Zettel ausfüllen und bekamen an der Abendkasse Eintrittskarten dafür, durften auch einen Besucher mitnehmen, diese Vergünstigung sollte sich jedoch auf Familienmitglieder beschränken. So wurde Holly reihum unsere Schwester. Sie war ebenso theaterverrückt wie wir. Aber ihr Zugang unterschied sich von unserem. Während wir die wohl kontrollierte Liederlichkeit des Künstlergehabes hinter der Bühne genossen, las sie die Texte der Schauspiele, sogar die albernen Libretti der Operetten studierte sie, bevor wir sie mitnahmen. Dann biss sie sich an Streichungen fest, wollte mit uns darüber reden, warum diese Stelle dem Regisseur nicht wichtig gewesen sein könnte, am liebsten hätte sie die Regisseure angesprochen darauf, davon hielten wir sie ab. Wir erklärten ihr die Beiläufigkeit, Lässigkeit, Selbstverständlichkeit, mit der man sich hinter der Bühne bewegen muss, die Notwendigkeit, Gespräche möglichst banal zu halten, gerade dann, wenn man mit den Stars unserer Bühne Umgang hatte, und dazu gehörte vor allem der Ingenieur, ein wuseliger, ernster, kleiner Mann, der besessen davon war, alles technisch möglich zu machen, damit die perfekte Illusion entstünde. Was hinter dem eisernen Vorhang geschähe, müsste die gleiche eherne Stärke haben, das war sein Bestreben. Es müsste ein Bild kreiert werden, an dem die mitgebrachte Erwartung der Zuschauer abprallte. Sie sollten sich geschlagen geben, aus einer Ohnmacht heraus in die Verzauberung erwachen, die wir auf der Bühne schufen – auch wir Statisten, kleine, unwesentliche Randfiguren –, damit die Menschen dort auf der anderen Seite des Orchestergrabens wirklich ergriffen würden vom Ungewohnten. Die Illusion sollte Verwandlung des Bekannten sein, nicht Verzerrung, es geschah kein Betrug, sondern ein Sichtbarmachen des Unsichtbaren.

Ganz allmählich entspannte sich Holly, bewegte sich unverkrampft, tauchte ein. Wir hockten zwischen allen bei Premierenfeiern, lachten, scherzten, auch das lernte sie, schlüpfrige Andeutungen zu verstehen, ohne sich darüber aufzuregen. Ihre Lieblinge waren Faust und Mephisto. Sie biss sich fest am faustischen Streben, an seiner sinnlichen Unersättlichkeit, am kalten Geist seines Gegenspielers, des gefallenen Engels, der das Beste machte aus seiner Gottesferne, ein raffiniertes Machtspiel um Liebe und Glück. Die Dynamik des Zweifels gefiel Holly, der sich fragend immer weiter schraubt, tief hinein in die Geheimnisse der Welt und des Lebens, ohne klar definiertes Ziel. Dass dieser Zweifel Faust von Gott entfernte, ihn dem Teufel zuspielte und dann am Ende doch wieder zurück in Gottes Arme trieb, das mochte sie.

Hubs und Holly sah man an, dass sie ein Pärchen waren. Pärchen nannte man das früher, wenn man die Unschuld und den Vorbehalt vor dem letzten Schritt benennen wollte. Ihre Vertrautheit wuchs. Hubs lieh Holly seine Pullover, in die sie ihre Nase vergrub. Sie tranken aus einem Glas, sie bissen von einem Brot ab. Hubs reparierte Hollys Rad mit einer Sorgfalt, die er seinem eigenen nicht angedeihen ließ, und Holly erschien zu unseren Schulkonzerten, saß neben Hubs, sie hielten einander an der Hand. Nichts entging uns, den anderen vier Burschen. Wir lauerten auf Zeichen, beobachteten neugierig jede Veränderung. Und ich fühlte etwas wie Neid auf diese öffentlich zelebrierten Vertraulichkeiten. Was Marie-Louise und mich verband, verlor angesichts dieser unschuldigen Demonstrationen von Nähe und Zusammengehörigkeit zusehends an Brillanz.

„Hubs, du kommst voran!“, lobte Erka.

„Und, habt ihr's schon miteinander gemacht?“, wollte Mendel wissen, ich vermute aus überwiegend wissenschaftlichem Interesse.

Aber das verstand Hubs nicht so, er drehte sich um und griff Mendel brutal am Kragen: „Das geht dich überhaupt nichts an, du Pisser!“, zischte er.

Wir standen neben den beiden, sprachlos.

Ich meinte erkennen zu können, dass Hubs immer noch nicht das erreicht hatte, was er sich erhoffte, obwohl seine Enttäuschung über Hollys Verwandlung inzwischen zunehmender Begeisterung für sie gewichen war. Oder begeisterte ihn nur das Bild seiner selbst, wenn er sich in ihren Augen spiegelte? Trotz aller Vertraulichkeiten spürte ich zwischen den beiden eine Spannung, die eher darauf schließen ließ, dass irgendetwas nicht ganz glatt lief.

Was „läuft" zwischen Männern und Frauen, darüber sprachen wir oft und viel und Holly immer mittendrin in der Diskussion. Wir beobachteten, wenn Kurt Müller-Grafs wesentlich jüngere Frau ankam im Kurzmantel aus Lack, einem breitkrempigen Hut und Hunden in Plural, wenn er und sie einander begrüßten, küssten, so als ob sie nicht ihre Tage und Nächte teilten und genug Gelegenheit hätten, dann ihre Zärtlichkeiten auszutauschen. Kurt Müller-Graf war Faust. Und war's doch nicht, denn seine Frau war nicht Gretchen, sie war eine selbstbewusste, intellektuelle, starke Person weiblichen Geschlechts, ein neuer Typ, auf ungehörige Weise anders als die blonden Schmollmundschnuckelchen, Traum des deutschen Durchschnittmannes zwischen 20 und 50. Nachdenklichkeit verwandelten wir in Diskutierfreude.

„Faust will nur seine Lust befriedigen. Gretchen ist ihm geistig doch überhaupt nicht gewachsen."

„Was heißt da ‚nur'. Er will erst mal das, weil sie ihm gefällt, weil er sie liebt ..."

„Liebt, liebt, was soll das heißen? Begehrt? Körperlich begehrt? Oder liebt im Sinne von Körper, Geist und Seele? Nee, das kann's nicht sein, Hubs, das nicht. Sonst würde er sich ein bisschen mehr Zeit nehmen für die Werbung. Er kauft sie doch regelrecht, schenkt ihr Schmuck, protzt vor ihr mit seinem Gentlemangehabe, das beeindruckt sie natürlich, dass er ein Mann ist mit Erfahrung, nicht ein junger Kerl."

„Was soll das nun wieder heißen, ein Mann und nicht ein junger Kerl? Findest du das gut, wenn er ihr so viel Erfahrung voraus hat? Sollten die beiden nicht gleichberechtigt sein, ist das nicht überhaupt das Wichtigste, dass man sich auf einer Wellenlänge bewegt?"

„Ich weiß es nicht, wirklich nicht. Ist es das, ein Höchstmaß an Vertrautheit, das dann den letzten Schritt unvermeidlich macht, oder sollte es ein Sprung ins Fremde, ins Unbekannte, Gefährliche sein? Für Gretchen ist es ..."

„Hingabe", warf ich ein, vielleicht war das mein erstes Wort zum Thema.

„Hingabe?"

Die Vorbildwirkung meines Vaters kam mir hier zu Hilfe, ich begann zu schwafeln wie er, mit ebenso viel Schwulst und ebenso viel Leidenschaft.

„Gegenseitige Hingabe denke ich, darin liegt alles, die gegenseitige Unterwerfung, eine gewisse Art von

Ebenbürtigkeit, und das Vertrauen, das Sich-Einlassen auf das Fremde. Ich meine, im Grunde ist doch für uns alles ein Sich-Einlassen auf Fremdes. Wir wissen nicht, was auf uns zukommt, unser ganzes Leben wird so sein, dass wir uns ständig auf Fremdes, Unbekanntes werden einlassen müssen. Wenn wir dazu nicht bereit sind, sollten wir jetzt gleich und hier das Handtuch werfen."

„Okay, Luft, das ist gut, das gefällt mir, was du sagst."

„Und jetzt ist genug und mehr als genug herumgequatscht." Hubs mochte es zunehmend weniger, wenn Holly sich einem von uns intensiv und direkt zuwandte. Da, nach dieser Diskussion, riss er sie ungestüm in seine Arme und küsste sie, sie wehrte sich, befreite sich aus der Umklammerung, stieß ihn von sich, so heftig, dass er mit seinem Stuhl umkippte und in lächerlicher Verrenkung auf dem Boden landete. Das tat Holly sofort wieder leid, sie wollte ihm aufhelfen, aber er schüttelte sie ab, grob und herrisch, drehte sich um, griff nach seiner Jacke und ging weg. Holly rannte hinter ihm her, wir anderen blieben in schweigender Verlegenheit zurück.

2008

Ich saß im Dunkel des Theaterraumes und in mir kämpfte der Wunsch, mich dem Dargebotenen zu überlassen gegen die Bilder, die aus meiner Erinnerung in mein Bewusstsein drängten. Müller-Graf und Friedhelm Becker. Beide Schauspieler kamen uns damals eigentlich schon alt vor, so alt jedenfalls, dass wir sie nicht als ernste Konkurrenz fürchteten, wenn Holly ins Schwärmen geriet. Und so erschien es mir unwahrscheinlich, dass die beiden 40 Jahre später immer noch dort auf der Bühne säßen. Sicher waren es Männer in meinem Alter, die dieser Strapaze noch gewachsen wären, und ich hatte nur die Namen gelesen, die sich aus dem tiefen Grund meiner Erinnerung nach oben geschafft hatten. Aber der Zauber wirkte perfekt. Der nachtdunkle Raum, violettes, diffuses Randlicht aus verborgenen Scheinwerfern, die Kostüme, aufwendig, raffiniert, von der riesigen Warze auf der Nase, über Rauschebärte, Hüte, purpurrote Samtmäntel, Siebenmeilenstiefel, aufblitzende Zauberringe bis hin zum Hintergrund, einer Mondsichel, auf der eine Gestalt saß, ein Musikant, wie sich herausstellte, eine androgyne Hermes-Eros-Synthese, die souverän Stimmung schuf, dem Gruseligen der Texte entgegensteuerte mit reiner Poesie in Form von Sang und Klang, all das schlug mich in Bann, und ich gab mich dem Vorgelesenen hin, so wie es dargeboten wurde.

Die drei Männer lasen das Märchen vom „Froschkönig“. Die Wörter klangen vertraut und dennoch entwickelte die Geschichte eine neue Dynamik. Da war etwas Doppelbödiges, Maliziöses, unterschwellig vibrierte eine animalische Kraft, die drohte durchzubrechen, wenn man sie freiließe, und es war nicht klar, ob sie freigelassen würde. Die Stimmen der drei Vorleser hatten mit greisenhaftem Zittern begonnen und entwickelten nach und nach die virile Kraft eines mächtigen, gottähnlichen Dämons, einer dreiköpfigen Schimäre, deren Singsang in Trance versetzen würde, wenn man sich nicht wehrte.

Ich fühlte mich befreit, als der Prinz die Prinzessin umarmte, als sie zur Hochzeit rüsteten. Und war erstaunt, als die Geschichte weiterging. Nicht die Vereinigung des Paares wurde hier gefeiert, sondern letztendlich die Treue des Freundes, der sich eiserne Bande ums Herz gelegt hatte, um nur ja keinen Fehler zu machen, weil er mit seiner Treue anhielt gegen die dunkle Macht, die seinen Herrn fast vernichtet hätte.

Als ich später in meinem Bett lag, draußen fuhren ab und zu quietschend Straßenbahnen vorbei, studierte ich das Programmheft und konnte im strengen Halogenlicht der Nachttischlampe lesen, dass ich mich nicht hatte narren lassen: In der Tat hatten hier der über 90-jährige Kurt Müller-Graf und der auch schon hoch betagte Friedhelm Becker zusammen mit einem mir unbekannten Schauspieler meines Alters eine ganz prächtige Vorstellung geboten. Und das Märchen im Grimm'schen Original hieß „Der Froschkönig oder der treue Heinrich".

1968

Eine Ahnung von der Beschränktheit unserer Weltsicht erhielten Hubs und ich wenig später, als Sabine uns mitnahm in den Basler-Tor-Turm in der Durlacher Altstadt, die revolutionäre Karlsruher Keimzelle. Ihr Freund Theo hatte sie dazu verführt. Er stellte sich jedem mit einem merkwürdig altklugen Stolz als „Installateur und Marxist“ vor. Vater war natürlich entrüstet über diese Liaison, wahrscheinlich hielt er sie auch für eine Liebelei oder störte sich am Klassenunterschied, und wahrscheinlich erhöhte Theos Klassenzugehörigkeit seine erotische Anziehungskraft auf Sabine beträchtlich.

Wir fünf trugen damals noch so wie all unsere Schulkameraden Stoffhosen mit Bügelfalte und die meisten von uns Sakkos oder Lederblousons, die denjenigen unserer Väter zum Verwechseln ähnelten. Wir spielten alle ein Musikinstrument, gingen alle mindestens ein halb Dutzend mal im Jahr in die Kirche, beschenkten unsere Mütter zum Muttertag und waren an Heiligabend zu Hause mit all unseren Familienmitgliedern um den Tisch versammelt bei Weihnachtsgans, Kartoffelknödel und Rotkraut oder Blätterteigpastetchen mit Ragout Fin. Selbst Erka, der nicht unbedingt in unsere Gesellschaftsschicht gehörte – seine Mutter hatte einen kleinen Friseurladen in der Südstadt, sein Vater war als schwerkranker Mann aus dem Krieg heimgekehrt und bald nach Erkas Geburt gestorben, sein Onkel, ein katholischer Priester, förderte und finanzierte ihn – selbst Erka lebte und träumte wie wir. In uns brodelte zu dieser Zeit nichts von dem, was schon allerorten in europäischen Städten in politisch wachen Jugendlichen „zünselte". Dazu ging es uns viel zu gut. Wir waren die letzten jugendlichen Hedonisten des Wirtschaftswunderlandes Deutschland. Damals im Frühling 1968. Schon ein Jahr später allerdings hatte sich alles verändert; wir waren entzweit und verstreut und keiner wusste mehr vom anderen, wohin er sich bewegen würde.

Sabine brachte das, was sie umtrieb, wieder einmal beim Abendessen zur Sprache.

„Notstandsgesetze, das muss euch doch in den Ohren klingeln. Habt ihr denn keine Angst, dass unsere Demokratie in Gefahr ist? Ich verstehe euch wirklich nicht, ihr müsstet doch klüger geworden sein nach all dem Mist, den ihr aufgehäuft habt in eurer Jugendzeit."

„Was weißt du von uns und dem, was wir erleiden mussten damals."

„Nichts, Vater, ich weiß wirklich nichts, aber wir wissen deshalb nichts, weil ihr uns nichts erzählt. Immer nur, dass ihr gehungert habt und gefroren, immer nur, dass ihr Angst hattet um euer Leben, die Bombennächte und die Fliegeralarme und die Vertreibung und die Russen. Nichts als Schlagwörter, Vater. Wir wollen jetzt mal Tacheles reden."

„Tacheles? Wo hast du dieses Wort denn her? Kennst du überhaupt die Etymologie dieses Begriffes?"

„Ach Vater, zieh dich doch nicht wieder aus der Affäre. Rede doch endlich mal mit mir."

„Es gibt nichts zu reden, Sabine, lass deinen Vater in Ruhe."

„Nein, nein, Margret, ich kann für mich selbst sprechen. Ich habe meine Pflicht getan, Sabine, so wie jeder durchschnittliche Bürger dieses Landes."

„Prima, und was war das, deine Pflicht? Einem Wahnsinnigen zujubeln, ihn dabei unterstützen, wie er seine Mitmenschen in Leid und Tod treibt, und nicht nur das, Vater, ihn unterstützen dabei, wie er Millionen von Mitmenschen umbringt?"

„Was wisst ihr wirklich von damals – gar nichts. Wenn man sich gewehrt hätte, wenn man aufgemuckt hätte, dann riskierte man sein Leben! Und verstehst du das nicht wenigstens, dass wir leben wollten, so wie ihr auch?"

„Das ist nicht genug, Vater, leben wollen ist nicht genug, man muss sich darum kümmern, dass man anständig lebt und dass man dem Mitmenschen nicht die Luft zum Leben nimmt. Der Starke muss sich um den

Schwachen kümmern, der Privilegierte um denjenigen, der nicht in ein behagliches Nest hineingeboren wurde. Das Einzige, was uns wahrscheinlich hilft, ist die Umverteilung des Kapitals, die Abschaffung des Bürgertums, das sich schon wieder breit macht in seiner unbekümmerten Behaglichkeit und nichts wissen will von Politik, von dem, was die in Bonn zusammenbrauen, und vor allem: Weg mit den ererbten Privilegien!"

Sie diskutierten erstaunlich sachlich und ruhig an diesem Tag. Es tat Sabine gut, dass es überhaupt einmal zu einem längeren Gespräch kam, obwohl sie nichts erreichte. Bei Vater jedenfalls. Bei mir schon. Denn als sie später zu mir in mein Zimmer kam und sagte:

„He Wolfi, was ist eigentlich mit dir und deiner Artusrunde? Das Abi macht ihr doch mit links, das sollte keine Entschuldigung dafür sein, euch vom Klassenkampf auszuschließen. Wie sieht's aus? Komm mit zur Demo und bring deine Kumpels mit, wir brauchen jeden Mann!", fühlte ich mich moralisch verpflichtet, sie zu begleiten.

Meine Erinnerung ist sehr ungenau, wenn es um die wenigen Besuche im Turm geht, die ich absolvierte. Mein Unbehagen groß. Vor allem, weil ich jedes Mal in Atemnot geriet in den Rauchschwaden, in die sich die Diskutanten hüllten. Ich erinnere dunkel bemalte Wände, eine Art Partykellerstimmung, Bierkisten aufeinander gestapelt im Treppenaufgang, es roch immer ein bisschen nach Urin und Desinfektionsmittel, auch diese Gerüche nahmen mir die Atemluft und verstärkten meine Beklemmung. Beim ersten Mal stand auf dem Vorplatz eine klapprige Ente; ein Pärchen machte sich daran zu schaffen, eine riesige Matratze auszuladen. Ihr Hund, ein schlanker, hübscher Mischling, strich nervös um sie herum, er hieß Paule, das fällt mir ein. Das Mädchen rief: „Paule, setz dich!", und ich wunderte mich, dachte, sie spreche mit ihrem Begleiter, und überlegte, wie das zugehen sollte, wenn sie doch diese Matratze hinaufschaffen wollten in den Turm, wunderte mich auch über den Satz, der ein Befehl war; so also gingen die miteinander um, dachte ich, so sprechen die Frauen dort mit ihren Männern. Nichts als Nebensächlichkeiten. Klischees, die ich von meinen Eltern übernommen hatte, wie alles, was mich ausmachte zu diesem Zeitpunkt, meine Kleidung, meine Zukunftsplanung, meine Sprache. Die Spaghetti mit Hackfleisch, die eines der Mädchen zubereitete und die wunderbar schmeckten, fallen mir ein und dass wir alle rot umrahmte Münder hatten nach dem Essen, dass ich lächeln musste und sogar lachen, als Sabine mit diesem roten Mund davon sprach, wie sie die Gesellschaft verändern wollte; einen reaktionären Sesselfurzer nannte sie mich, hatte eine tiefe Falte auf der Stirn, direkt zwischen den Augenbrauen, einen breiten, schwarzen Strich wie mit dem Kohlestift gezogen. Meine Schwester schämte sich über meinen Mangel an Ernsthaftigkeit. Wir fünf Freunde gehörten nicht wirklich dorthin. Das sah man auf den ersten Blick. Nicht nur daran, dass wir keine Parkas trugen, keine Schlabberpullis, keine Turnschuhe. Es fehlte uns die Redegewandtheit, das entsprechende Vokabular, die dezente intellektuelle Dreistigkeit der SDSler aus Tübingen und Habermas-Jünger aus Frankfurt.

Ganz deutlich erinnere ich mich an Hollys Gesicht, als sie zum ersten Mal mitkam, stehen blieb, ihren Blick schweifen ließ, sich nicht kümmerte, dass ihre offensichtliche Neugier Aufsehen erregte, nur Jack, der eine Art Leitfigur war, begegnete ihr freundlich, forderte sie zum Sitzen auf, bot ihr was zu trinken an, ganz manierlich, bürgerlich könnte man sagen. Dieser Jack war intelligent und einfühlsam genug, die Reinheit von Hollys Neugier zu erkennen, die Ehrlichkeit, die Intensität ihres Interesses, das sich frei von Vorurteilen und von Erwartungen auf alles einrichten konnte, wie fremd auch immer es für sie war.

Und ich erinnere mich an Hubs offenen Mund. Den Glanz in seinem Blick, das kindliche Staunen, den Wunsch mitzumachen, dazu zu gehören. Gerade Hubs machten sie es schwer. Vielleicht weil er zu angestrengt darum bemüht war zu gefallen, weil er keinerlei eigene Ideen hatte, nur beflissen das nachplapperte, was sie sagten. Und dabei suchte er sich nicht die intelligentesten Vorredner aus. Jacks Gedankengang konnte er von Anfang an nicht folgen. Dieser Jack war nicht sehr groß, er ging leicht gebückt, breitbeinig, hatte große, kräftige Hände, die er sich in einer ganz besonderen Weise unter die Achseln steckte, indem er die Arme vor der Brust verkreuzte. Das erweckte den Eindruck zurückgehaltener Kraft, Potenz könnte man sagen, nicht im sexuellen Sinne, wenn ein Mann draufschaute, aber für Frauen hatte diese Geste sicherlich eine erotische Note. Er sprach nie laut und konnte sehr gut formulieren. Eine Veränderung der Gesellschaft könne nur über die Verwirklichung des Individuums und ein allgemein anerkanntes Recht darauf erreicht werden. Zugang zur Bildung für jeden Menschen, das müsse die Wurzel sein. Die verkrusteten Gesellschaftsmuster müssten aufgebrochen werden. Dazu konnte Hubs ganz plötzlich ausrufen: „Zeigen wir's den Ärschen! Lassen wir sie alle in die Luft fliegen." Und Jack überhörte ihn, wie man ein nörgeliges Kind einfach links liegen lässt, um ihm Zeit zu geben, wieder zur Vernunft zu kommen. Das gefiel Holly, Jacks Überlegenheit, seine Souveränität im Umgang mit Menschen, allen Menschen, und es gefiel ihr, wenn Jack von den Möglichkeiten individueller Glückssuche sprach.

Laute Musik wurde gehört. Musik, die mir bis dahin unbekannt war, denn unser einziges Radio im Haus gehörte Vater, es stand in seinem Arbeitszimmer, und er hörte ausschließlich Nachrichten, politische Reportagen und nachts, wenn er nicht schlafen konnte, diese merkwürdigen Hörspiele, die einen noch trauriger machten, allein deshalb, weil die Stimmen der Sprecher unnatürlich getragen, geheimnisvoll flüsternd, raunend wohl gesetzte Worte aneinanderreihten, die mit Alltagsdialogen nichts gemein hatten.

„I can get no satisfaction", das spielten sie, als Hubs und ich das erste Mal dort im Turm waren. Es dröhnte laut in den Innenhof. Ein Anwohner tauchte auf, der Hund sprang ihn an, und der Mann trat nach ihm, sein Zorn war schon aufgeschaukelt, das spürte man ihm an:

„Ich zeig euch an, ihr faules Pack", schrie er. Dann kam ein altes Frauchen dazu, zog an seinem Arm, holte ihn weg und sprach beruhigend auf ihn ein:

„Karl, lass doch die Jugend in Ruh', lass sie doch machen, komm mit ... Nix für ungut, Kinder, nix für ungut."

Bei der Demonstration gegen die Notstandsgesetzgebung waren wir alle dabei. Hubs durfte ein Spruchband tragen: „Keine Erneuerung des Ermächtigungsgesetzes 23 Jahre nach der Stunde Null" stand darauf. Ich denke, Jack wollte ihn erziehen, einen ernsthaften außerparlamentarischen Oppositionellen aus ihm machen. Dabei hatte er sich schon freiwillig zum Bund gemeldet, genauso wie Erka. Hubs wollte endlich weg von zu Hause und Erka wollte auf Kosten des Staates nicht nur seinen Führerschein machen, sondern auch ein Studium beginnen, Unabhängigkeit vom Geld des Onkels und eine selbstbestimmte Zukunft waren seine

Ziele. Holly hielt die zweite Stange, so marschierten sie mitten zwischen all den jungen Leuten, die Jacken aufgeknöpft, die Gesichter in die Sonne gehalten, der Frühling war gerade dabei aufzublühen.

Was genau passierte, weiß ich nicht, weil ich vor den beiden ging. Plötzlich jedenfalls gab es einen Tumult. Ein Passant hatte seinen Hund angeregt zu einer aggressiven Bewegung, Holly strauchelte und stürzte und die Nächsten fielen über sie, es gab ein Knäuel von Menschen, aus dem Hubs sich löste. Er stürzte auf den Mann zu und schrie ihn an. Erka war sogleich daneben, hielt Hubs am Arm zurück, ich half Holly aufzustehen, alles ging schnell und als Hubs aufschrie, als der Hund heulte, war auch schon ein Polizist hinzugelaufen, packte Hubs' Arme, riss sie nach hinten, so dass er stürzte.

„Scheiße, der blutet ja", rief der junge Polizist. „He, was ist los, hat der Hund dich erwischt?" Hubs war blass und gab dem Griff nach, ließ sich auf den Gehweg zerren, setzte sich und hielt seine Hand von sich weggestreckt.

„Der muss gleich zum Arzt", empfahl der Beamte, „kommt mit, ich fahre euch."

Holly und Erka gingen mit Hubs und dem Polizist los. Der Demonstrationszug war inzwischen weitergeflossen und ich versuchte, zu den anderen zu gelangen.

Der Hundebesitzer wurde nicht gefunden. Hubs musste für ein Protokoll zur Polizei, Holly und Erka bezeugten seine Aussage. Eine Woche lang durfte Hubs nur zum Unterricht aus dem Haus gehen, am Nachmittag und Abend hielt ihn sein Vater unter Verschluss. Hubs sprach nicht darüber, wollte nicht darüber sprechen. Auch Holly durfte ihn nicht besuchen, und meine Telefonanrufe wurden vom Hausmädchen abgewehrt.

Als die Proben zu „Aida" begannen, war Hubs wieder dabei. Wir hatten mehrere Rollen zu bewältigen, stellten einerseits Gefangene und andrerseits Gefangenenwärter dar, auch das Ballett war im Einsatz, das bedeutete für mich, Marie-Louise zu sehen, mich von ihr zwischen die Kulissen und in eine Umarmung ziehen zu lassen, die sie ausnützte dazu, mich an sich zu drücken, ihre Finger an meinem Rückgrat entlangwandern zu lassen, so dass mir ein Schauer durch den ganzen Körper rieselte. Marie-Louise! Ich habe damals ihre Großzügigkeit, ihre Begabung zur Liebe nicht richtig geschätzt. Vielleicht, weil sie so leicht zu haben war, obwohl gerade das mich zufrieden machte und mir Kraft gab, meinen Frustrationen die Stirn zu bieten. Irgendwann einmal musste Hubs uns beobachtet und sich einen Reim darauf gemacht haben. Am Tag nach der Premierenfeier trafen wir uns mit Holly, gingen ins Ringcafé und nicht mehr zurück in den Unterricht. Hubs hatte damals begonnen zu rauchen und Holly nahm ab und zu einen Zug aus seiner Zigarette. Er neckte sie, hielt die Zigarette zurück, grinste, feixte, fuchtelte mit der Zigarette nah vor meinem Gesicht, so dass ich husten musste, nicht aufhören konnte damit, verzweifelt nach meinem Inhalator suchte. Ich hatte ihn nicht bei mir. Hubs tändelte weiter und weiter mit Holly, quälte sie richtig, ich rang um Atem, Lupus und Erka schlugen sich auf die Schenkel vor Lachen, bis Mendel die Situation erkannte:

„Mensch Luft, was ist? Hast du einen Anfall? Mann, wo hat der sein Dings, das Spray? Hubs, hör auf. Luft, beruhige dich."

Der gute Mendel rannte zu mir nach Hause in die August-Dürr-Straße, meine Mutter war gerade da und gab ihm das Spray, mit dem ich mir schnell helfen konnte.

Holly war inzwischen stumm, machte große runde Augen.

„Sagt mal, hat das damit zu tun, dass sie dich ‚Luft' nennen?"

Ich grinste, es ging mir schon wieder besser.

„Ihr seid ja widerlich. Wirklich, ihr seid manchmal so ... so ... animalisch. Ich sag jetzt nur noch Wolfgang zu ihm, dass ihr es wisst."

„Und du, Holly, du bist manchmal so literarisch. Verstehst du, was ich meine? Ich empfehle dir mal ein Buch über das Animalische, vielleicht hilft dir das, endlich normal zu empfinden und du wirst geheilt von deinen überspitzten Idealen."

Hubs hatte diese Sätze unvermittelt ausgestoßen.

„Was meinst du denn damit, Hubs, dass sie so literarisch ist?“, fragte ich spontan.

„Da brauchst du dir natürlich keine Gedanken drüber zu machen. Du mit deinem geregelten Sexualleben.“

Verlegenheit machte sich breit zwischen uns.

„Marie-Louise, nicht wahr?“ Holly sah mich groß an. „Das hab ich mir schon lang gedacht.“

Und als wir rausgingen, hielt sie mich kurz zurück und sagte: „Weißt du, Wolfgang, dass diese Krankheit eine Reaktion auf Verdrängungen ist? Du bist immer viel zu kontrolliert, willst all deine natürlichen Impulse unter Verschluss halten. Warum gehst du nicht offen mit Marie-Louise? Oder will sie es nicht?“

Ich wusste keine Antwort. Wir sprachen nie über so etwas, unsere Treffen waren Rituale, sie spielten sich nach einem festen Muster ab. Marie-Louise kochte irgendetwas, sie legte eine Elvis-Platte auf, sie ließ Wasser in die Badewanne laufen, sie lockte mich ins Bett, sie deckte uns zu, sie löschte das Licht und dann konzentrierte sie sich ganz auf mich. Ich war nie „on losing streak“ bei ihr. Wenn sie sich mit mir verabredete, konnte ich gewiss sein, was mich erwartete. Das schuf bei mir ein Vertrauen, das ich in meine Eltern nie haben konnte, weil sie ihre Liebe immer an mein Wohlverhalten knüpften oder an das, was sie dafür hielten.

Hollys eindringlicher Appell beschämte mich und ich versuchte nun, mein Verhältnis zu Marie-Louise zu ändern. Ich fragte sie, ob sie sich meiner schäme, da schüttelte sie nur den Kopf. Von da an kam sie oft mit uns, freundete sich mit Holly an, obwohl die beiden so gut wie nichts gemeinsam hatten. Ich glaube, jede bewunderte an der anderen etwas, was sie selbst nicht hatte. Oft tuschelten sie sogar miteinander, schauten zu uns hin dabei, wir waren der Gesprächsstoff, das konnte man erahnen. Und irgendwann vertraute mir Hubs an, dass Holly partout nicht mit ihm schlafen wolle. Sie wolle sich das aufbewahren, nicht sich wollte sie bewahren, sondern „es". Sie wollte sicher sein, dass es richtig sei, und dieser Zeitpunkt lasse auf sich warten. Ganz offensichtlich vergraulte sie Hubs damit nicht, sondern machte ihn umso abhängiger von sich. Seine Enttäuschung von damals, als er sie zum ersten Mal nackt, das heißt ungeschminkt, gesehen hatte, war vergessen. Aber etwas anderes war für mich ebenso offensichtlich: Hollys Vernarrtheit in Hubs nahm ab. Wie in einer Sanduhr, so rieselte ihre Liebe aus ihr heraus und in ihn hinein, unaufhörlich. Man hätte die Uhr umdrehen müssen. Irgendetwas hätte passieren müssen.

Ende Mai stellte sich heraus, dass Erka wohl als Einziger um sein Abitur bangen musste. Er war ein Genie in Chemie. Konnte die Periodentafel auswendig, stand auf Augenhöhe mit unserem Chemielehrer, einem noch jungen, unerfahrenen, sehr linkischen Mann mit einem Sprachfehler, dessen Unterricht wir vor allem dazu benutzten, nicht gemachte Hausaufgaben voneinander abzuschreiben. Manchmal werkelten Erka und Herr Schleier an einem Experiment, vergaßen die Welt in Form von uns anderen Schülern ganz um sich. Erka hatte viel mehr Zähigkeit und Durchstehvermögen als der Lehrer. Nicht selten gelang der Versuch schließlich doch noch, nur weil er nicht aufgegeben hatte. Mit Englisch konnte Erka nichts anfangen und in Latein hatte er lange schon eine Fünf, die einen Ausgleich brauchte. Holly bot sich an, Musteraufsätze für ihn anzufertigen, die sie ihm auf winzige Zettel schrieb. Aber auch da fehlte ihm das Geschick, sie der genauen Formulierung des Themas anzupassen, die Holly natürlich nicht voraussehen konnte. Schließlich stachelte sie mich an, ich solle aus seiner wackligen Drei in Mathe eine stabile Zwei machen, das müsse doch ein Leichtes für mich sein, sie habe gehört, dass ich sogar mathematische Beweise aus dem Ärmel schütteln könne. Mathe war mein Lieblingsfach. Ich liebte die Klarheit der Funktionen und ihrer Bedingungen. Eine schwierige Gleichung zu lösen, das war ein Hochgenuss für mich, erfüllte mich mit unvergleichlicher Zufriedenheit.

2008

Unser Klassentreffen war erst für den Samstagnachmittag anberaumt, so hatte ich nach dem Frühstück noch Zeit für mich und plötzlich viele Ideen. Wenn ich durch die Stadt schlenderte, könnte ich auf einen der anderen Klassenkameraden treffen. Würde ich mit ihm ein privates Gespräch führen, eines, das über die Klischees hinausginge? Wer lebte überhaupt noch hier? Marie-Louise, was war aus ihr geworden? Das interessierte mich jetzt brennend. Über sie habe ich oft mit meiner Frau gesprochen, und sie hat mir zu einer ganz neuen Sicht auf diese erste Liebe meines Lebens verholfen. Hanna sieht in Marie-Louise ein Ideal weiblicher Einfühlung und Großzügigkeit, weiblichen Altruismus, der etwas Masochistisches an sich hat. Dieses Zusammenspiel von Hingabe, Selbstaufgabe, Selbstverlust, die dunklen Bereiche der Liebe, über die haben wir oft geredet und nicht nur darüber. Es wurde mir mit jedem dieser Gespräche klarer, wie unberührt ich geblieben war in meinem Verhältnis zu Marie-Louise, dass meine Liebe zu ihr einfach eine Fortsetzung des kindlichen Bedürfnisses an Angenommenwerden gewesen war. Erst später, als die Liebe schwieriger wurde für mich, als mich Schuldgefühle zu drücken begannen, die Angst, etwas getan zu haben, was sich nicht korrigieren ließe, erst da verstand ich das Zusammenspiel von Spannung und Erlösung besser, dem Liebende sich immer wieder aussetzen.

Ich nahm schließlich die erstbeste Straßenbahn, die am Ettlinger Tor ankam, und fuhr mit ihr zur Hauptpost, jetzt Europaplatz genannt. Da stand immer noch die Uhr, auf die wir damals starrten, als wir vor Wäsche-Pfisterer auf Holly warteten, treu, wie Lili Marleens Laterne. Die Bahn fuhr weiter zum Mühlburger Tor. Ich staunte über den spitzen Hut der Christuskirche, stieg um, landete schließlich in einem Gebiet, das mir fremd war. Eine Dame, die mir gegenübersaß, erklärte mir, das riesige von einer hohen Mauer umgebene Gebäude sei die Bundesanwaltschaft und der Würfel daneben ein Kino, dazwischen fiel mein Blick auf das viel gepriesene Kunstmuseum, dessen Fassade mir von meinen virtuellen Stadtspaziergängen schon bekannt war. Ich brauchte Zeit, um mich zu orientieren, denn früher fuhr man statt über eine doppelt breite, helle Ausfallstraße durch enge, aschgraue Häuserblocks hindurch zu den Streuobstwiesen, die wir auf unserem Umweg über die Weststadt durchquerten, wenn es hinaus ging an den Baggersee. Heute dehnt sich ein Industriegebiet bis an den Golfplatz, dessen Vorhandensein meine Nachbarin mit Stolz erwähnte.

1968

Der Sommer unseres letzten Schuljahres, wenige Wochen im Mai und Juni, erste heiße Tage und warme Nächte, das Wissen, dass bald all das vorbei wäre, dass etwas ganz Neues begänne, gab uns ein Gefühl von Gespanntheit: „Mal gespannt, was kommt", so hätten wir das ausgedrückt, und diese Erwartung entsprach dem Gefühl, das man hat, wenn das Licht im Theater ausgeht, wenn man alles hinter sich lässt, um sich auf das zu konzentrieren, was sich gleich vor einem ereignen wird.

Wir fuhren, wann auch immer uns der Sinn danach stand, mit den Rädern zum Baggersee, hatten Butterbrote und Äpfel dabei, auch Bier in Flaschen. Ich sehe vor mir, wie Hubs seinen Daumenballen ansetzte am Keramikdeckel, um die Metallklammer zu lösen, welche Kraft seine große Hand ausstrahlte und mehr, fast schon Gewalt. Dieser kleinen Bewegung gab er sich ganz hin, er zelebrierte sie mit Selbstvergessenheit und doch so, dass man spürte, er wollte etwas erfüllen, er wollte einem Bild entsprechen, das er von sich hatte. Wir hatten ein Kofferradio dabei und hörten abwechselnd die Beatles „Hey Jude, don't make it bad, take a sad song and make it better. Remember to let her into your heart. Then you can start to make it better" und die Stones und manchmal auch Tom Jones' „Delilah" oder Udo Jürgens' „Mathilda" für Monika oder Manuela oder wie die Freundin von Erka hieß, die inzwischen auch dabei war. Die beiden ergingen sich oft in endlosen Kitzelattacken, das war ihre Art von Liebeswerben; auch dieses Mädchen verhielt sich zurückhaltend, sie wolle einen Verlobungsring, gestand uns Erka, und das passte nun wirklich nicht zu seinen Plänen.

Einige Male kam Jack mit, und einmal blieben wir bis in die Dämmerung hinein, hatten ein Feuerchen gemacht, rösteten Kartoffeln auf Stöcken darin, vergaßen Zeit und Raum. Wir diskutierten über alles Mögliche, vor allem über den Osten und den Westen, den Mord an Robert Kennedy und den Vietnam-Krieg, dazu hatte Holly einiges zu sagen, denn ihre älteste Schwester hatte einen amerikanischen Offizier geheiratet, der bei der Luftaufklärung tätig war. Oft wusste sie wochenlang nichts von ihm. Die Schwester hielt sich in dieser Zeit in Deutschland auf, weil sie ihr erstes Kind erwartete, und Holly fühlte sich gespalten zwischen der Sympathie für ihren Schwager und Abscheu vor dem, was in Vietnam passierte.

„Ich kann dich gut verstehen, Holly. Für dich ist dein Schwager zuallererst ein Mensch, sogar ein Verwandter, der Mann, den sich deine Schwester gewählt hat. Aber als Soldat, sogar Offizier, steht er für sein Land und die Politik, die dort gemacht wird. Er hat sich dafür entschieden, die Durchsetzung dieser Politik zu unterstützen, indem er den Beruf des Soldaten wählte. Für uns hier steht er für die amerikanische Politik. Und gerade von ihr müssen wir uns endlich befreien. Das Diktat des amerikanischen Imperialismus, der nach '45 darauf aus war, hier möglichst schnell wieder eine saturierte bürgerliche Gesellschaft zu schaffen, muss gesprengt werden. Die Erneuerung der Werte kann nur durch eine Revolution herbeigeführt werden, alle müssen sich verantwortlich fühlen, wir dürfen uns nicht aufs kleine private Glück zurückziehen. Jeder ist ein politisch relevantes Individuum. Es kommt auf jeden Einzelnen an."

„Ich weiß nicht Jack, ich weiß nicht, wie das praktisch aussehen soll. Meine Schwester muss vor allem an sich und an ihre Familie denken. Sie will ein gesundes Kind und dazu einen intakten Vater."

„Dagegen ist nichts einzuwenden. Aber warum lässt ihr Mann sie jetzt allein, wo sie ihn braucht? Er ist dort, weit weg, in einem Land, das ihn eigentlich nichts angeht. Er trägt dazu bei, dass dort Familien zerstört werden, und verhindert, dass sich seine eigene Familie richtig konstituiert. Verstehst du, was ich meine? Man muss bei sich beginnen und dann immer weiter in die öffentlichen Bereiche hinein gehen. Gleichwertigkeit der Individuen, Gerechtigkeit, Gleichverteilung von Gerechtigkeit für alle Menschen."

Ein Idealist war er, lehnte – zumindest damals – Gewalt ab. Gewalt gegen Personen und sicher sogar gegen Sachen. Aber wie schnell änderte sich alles danach, vielleicht auch er.

Jack war sehr belesen, kannte sich im Kommunistischen Manifest ebenso aus wie in der Bibel. Er war einerseits ein arroganter Schwätzer, aber andrerseits eben so eine Art Guru, besonders auf Mädchen wirkte er so.

„Das Leben lebbar machen. Arbeit und Kapital wieder in unmittelbaren Kausalzusammenhang setzen. Das Streben nach Wohlleben des Einzelnen als pragmatisches Lebensziel anerkennen. Die Diesseitigkeit des Glücks an die Stelle der Religionen setzen, die nichts bieten als Opium fürs Volk."

Beim Reden gebrauchte er seine Hände, sie waren wie Schalen, die er großzügig darbot.

„Opium für das Volk, das wird doch der Bibel nicht gerecht. Sie ist voller toller Geschichten, finde ich."

Holly hatte einen frommen Großvater, der ihr statt vom Wolf und den sieben Geißlein von Josef und seinen Brüdern erzählt hatte. Plastisch und spannend waren diese Geschichten für sie, sie liebte und verteidigte sie mit großem Engagement.

„Okay, ich sag mal so, warum sich nicht ab und zu mal ein bisschen zudröhnen, was?" Hubs war sehr bestrebt, Holly zu gefallen.

„Da hast du sicher Recht, Holly", – wenn Hubs etwas Albernes sagte, tat Jack so, als ob er es nicht gehört hatte –, „man sollte die Texte der Bibel als dichterische Texte betrachten, oder auf ihren historischen Gehalt abklopfen. So wie die griechische Mythologie geben sie uns Einblicke in die Bemühungen der Menschen, metaphysische Bereiche auszuleuchten. Der Rabbi wurde gefragt, wie kommt es, dass man kleine Jungs und kleine Mädchen nackt miteinander auf einer Wiese spielen lassen kann, ohne dass etwas passiert. Da erzählt er vom Paradies. Und erzählt vom Apfel und der Schlange, und die schleimige Schlange ist echt ein Supersymbol für Sexualität." Jack war uns allen voraus, nicht nur durch seine vierzehn oder sechzehn Semester Philosophie und Soziologie, er war einfach ein Intellektueller wie aus dem Bilderbuch. Holly hing an seinen Lippen.

„Die Interpretationen der Texte, ich meine das, was die Kirchenautoritäten daraus machen, und vor allem auch, dass sie sich das alleinige Verwertungsrecht der Texte vorbehalten, das ist das Gefährliche, Holly! Damit geschieht die Volksverdummung, die Indoktrination, verstehst du?"

Holly saß da, mochte Hubs Kopf gerade noch auf ihrem Schoß gehabt und gedankenverloren seine Haare gestreichelt haben, mit den Fingerspitzen auf seinem Gesicht spazieren gegangen sein. Aber wenn so ein Gedanke in sie eindrang, eine von Jacks Ideen, auf die sie selbst nicht gekommen wäre, dann spannte sie sich an, richtete sich auf, dann wurde es ungemütlich für Hubs, dann musste er seinen Kopf dort wegnehmen, musste sich auch aufrecht hinsetzen und alles hatte sich verändert. Die laszive Lockerheit war verflogen, die sinnliche Wärme gewichen. So als ob eine Uhr tickte, auf etwas zu, das man nicht hätte benennen können.

An diesem Abend fuhren wir schließlich durch den fast schon schwarzen Wald zurück und verloren Holly und Jack. Sie kamen und kamen nicht nach. Wir riefen nach ihnen, pfiffen durch die Finger, fuhren wieder zurück, an Kreuzwegen teilten wir uns, verfolgten die Abzweigungen ein Stück weit, riefen auch dort laut die beiden Namen. Hubs Ärger verwandelte sich in Angst. Einer solle gehen und die Polizei holen, das schlug er bereits vor, als die beiden uns von vorne entgegenfuhren. Hubs ging unvermittelt auf Jack los und packte ihn am Hemdkragen:

„Bist du verrückt? Was bildest du dir eigentlich ein? Glaubst du verdammter, arroganter Arsch eigentlich, du bist Gott?"

Verlegenheit wäre nicht das rechte Wort, um unsere Reaktion auf diesen Ausbruch an ordinären Beschimpfungen zu beschreiben. Wir waren befremdet und auch abgestoßen, das lag außerhalb dessen, was bei uns Umgangssprache war bisher. Wir waren doch keine Proleten und wollten auch keine sein.

„Hubs, beruhige dich bitte. Ich verstehe dich wirklich gut. Wir haben euch einfach verloren, weil Hollys Tasche vom Sattel gerutscht war und wir zurück mussten, um sie zu suchen. Wir haben gerufen nach euch, aber ihr wart plötzlich weg."

Holly blieb stumm.

Betroffen fuhren wir in die Stadt, trennten uns da, wo die Streuobstwiesen und Schrebergärten begannen.

Dann kamen unsere mündlichen Prüfungen und die Euphorie, dass wir es alle schafften, das Abi, sogar Erka, wenn auch nur mit Mühe und Glück. Und dann kamen die Parties und die Besäufnisse und die Abreise der Rekruten: Hubs, Erka, Mendel. Lupus war auch freigestellt so wie ich, er sprach nicht gerne über das Wie und Warum, aber wir waren uns sicher, dass sein Vater alle Hebel in Bewegung gesetzt hatte, um ihm eine Verzögerung des Studienbeginns zu ersparen.

Holly war eine Klasse unter uns, würde im September die Oberprima beginnen, in den Ferien wollte sie mit ihrer Schwester und dem Baby in die USA reisen. Lupus machte mit seinen Eltern wie jedes Jahr Urlaub auf Sylt, und ich besuchte meine Großeltern im Odenwald, traf dort auf meine beiden Vettern, Zwillinge, die nur zwei Monate älter sind als ich; sie luden mich zum Zelten in der Rhön ein. Mit dem Zug ging es nach Fulda, von dort zogen wir los, bewegten uns entlang der Zonengrenze, starrten auf die Wachtürme, die schemenhaften Gestalten der Soldaten, ihre Gewehre, die sie schulterten oder demonstrativ aus den Fensterluken hielten, wenn wir ihren Gesichtskreis betraten. Wir radelten durch die kleinen ausgestorbenen Dörfer, durch die Wälder und über die weich geschwungenen Hügelwiesen. Ließen uns in Bauernhöfen Milch schenken und Eier, streichelten Hofhunde, Katzen, Schafe, suchten nach den berühmten Basaltsäulen und machten dort Erinnerungsphotos: Junge Burschen in kurzen Hosen, fast noch Kinder, aber eben doch keine mehr.

Mein Vater hatte für mich eine Art Praktikum verabredet, ich sollte stundenweise in der Badischen Landesbibliothek beim Sortieren von alten Büchern helfen, die aus Nachlässen oder bei Versteigerungen angekauft worden waren. So kam ich Mitte August zurück und fand einen Stapel Post auf meinem Bett liegend vor. Lange Briefe von Hubs, ausführliche Schilderungen seiner Erfahrungen aus der Grundausbildung inklusive einer detaillierten Darstellung seiner Einlieferung und seines Aufenthaltes im Lazarett, wo man ihm einen vereiterten Zehennagel wegoperiert hatte, was ihm eine offensichtlich angenehme Pause und viel Zeit zum Schreiben bescherte.

Dann ein Brief, in dem er mir mitteilte, dass es aus sei zwischen ihm und Holly. Sie habe die Beziehung beendet. Ohne Erklärung oder mit dem Hinweis, es sei besser so. Hubs war verzweifelt und trug sich mit Desertionsgedanken. Er beschwor mich, „hab-Acht“ zu sein, er brauche dringend meine Hilfe.

Als meine Mutter mich mit dem üblichen „Wolfgang, für dich, halte dich kurz, bitte!“ ans Telefon rief, dachte ich, jetzt ... Hubs wird mich als Boten einsetzen, mir Anweisungen geben, was ich für ihn tun soll. Aber am Apparat war Holly. Sie wolle sich mit mir treffen. Im Stadtgarten.

Sie wartete unter den Arkaden vor dem Eingang am Bahnhof, saß am Rand der Wasserspiele und ließ eine Hand ins Wasser hängen, spielte mit den Fingern darin herum und gab mir spontan ihre glitschignasse Hand zum Gruß, als ich von ihr unbemerkt plötzlich vor sie hintrat.

Wir wandten uns gleich nach links, dem Teil des Parks zu, der früher Rosengarten geheißen hatte, aber der Umgestaltung während der Bundesgartenschau zum Opfer gefallen war. Immerhin, die alten Bäume standen noch. Wir suchten eine abgeschirmte Bank und setzten uns. Blieben in stummer Verlegenheit befangen.

Schließlich gab sie sich einen Ruck:

„Ich möchte dich bitten, ihm etwas zu geben. Ich glaube, das fehlt ihm einfach als Erklärung, verstehst du? ‚Hubs und Holly‘ klingt gut, aber es hat wirklich keinen Sinn mit uns beiden. Er muss es endlich einsehen. Es war von Anfang an falsch. Eine Illusion.“

„Ich weiß jetzt nicht so recht, was du damit meinst, Holly, aber ich glaube, Illusionen sind eine ganz natürliche Dings, wie soll ich sagen, eine Art Anfechtung, verstehst du, etwas, dem wir ständig ausgesetzt sind, wir können uns nicht entziehen, wir können uns eigentlich nur darauf einstellen, dass das, was wir sehen, sich kurz danach als Täuschung herausstellen kann, weil sich alles ständig verwandelt, das ist an sich nichts Schlechtes, man muss es nur richtig zu nehmen wissen, man muss ..."

Ich redete ein bisschen wie Jack, altklug, geschwätzig, aber sehr bemüht.

„Das ist lieb von dir, Wolfgang, dass du als sein Freund, sein bester Freund, für ihn sprechen willst. Es ist ehrenhaft, aber es hilft nichts. Ich sag dir etwas, als Erklärung für dich: Als wir gestern davon erfuhren, dass die Russen in Prag einmarschiert sind, da meinte mein Vater gleich, jetzt gibt es Krieg. Ich dachte, wenn es Krieg gäbe und wenn Hubs kämpfen müsste, ... dann müsste ich, ... ich weiß nicht, wie ich es ausdrücken soll, ich müsste ihm das Gefühl geben können, dass ich auf ihn warte, so wie unsere Mütter auf unsere Väter gewartet haben, was manchmal half gegen die Angst vor der Vernichtung. Aber nichts in mir wollte das mehr. Ich fühlte mich noch nicht einmal verpflichtet dazu. Nichts bindet mich an ihn. Ich könnte ihm nichts geben. Ich gehe doch jetzt mit Ulla nach Seattle, weißt du, eigentlich nur bis zum Ende der Ferien. Aber wenn Krieg kommt, bleibe ich dort. Ich bleibe in Amerika und werde Amerikanerin. Das dachte ich."

„Aha! Aber, glaubst du nicht, dass du sehr vermisst würdest hier?"

„Ich würde dafür sorgen, dass auch meine Eltern nachkommen könnten und Mona auch, wenn sie will. Das sind die Menschen, die mir wirklich am Herzen liegen."

Ich musste schlucken. Die Theatralik ihrer Gedanken erschien mir grotesk, und dennoch wollte ich so sehr gerne irgendetwas Passendes erwidern. Es fiel mir nichts ein. Ein Kloß wuchs in meinem Hals, stellte mir fast die Luft ab.

„Das gib ihm bitte, sobald du ihn siehst. Wenn er darauf eine Erwiderung hätte, die mich überzeugte, dann ..." Sie sprach nicht weiter. Sie reichte mir ein Kuvert, in dem mehr war als ein Brief, das konnte ich fühlen. Beim Abschied sah sie mich lächelnd an, ihre große Sommersprosse verzog sich zur Ellipse, die Sonne, die durch die Blätter der alten Bäume schien, unter denen wir saßen, ließ ihre Augen dunkelgrün aufleuchten. Ihre Haare hatte sie wachsen lassen seit Februar, sie umrahmten in eigenwilligen Kringeln und Löckchen ihr Gesicht und ließen es fröhlicher erscheinen, als ihr vermutlich ums Herz war.

„Es war nicht mehr als die übliche erste Liebe. Die ist eben nie von Dauer. Und so weiter, und so weiter."

Es klang sarkastisch, aber sie hatte ganz offensichtlich Angst davor, in ein Klischee zu rutschen und darin stecken zu bleiben.

„Schau mich nicht so traurig an, Wolfgang, tröste ihn lieber, das ist deine Aufgabe in diesem Spiel!"

Zu Hause legte ich den Briefumschlag auf meinen Schreibtisch, und dort lag er tagelang.

Sabine fragte mich nach den beiden, irgendwann bei Tisch, und da sagte ich es dann, sagte, es ist aus zwischen Hubs und Holly, die Liebesgeschichte ist vorbei.

„Liebelei", erwiderte mein Vater, spielte damit an auf die riesige, alte Villa in der Beiertheimer Allee, in der die Schillers wohnten. Hubs' Großeltern hatten sie erbaut, nachdem schon seine Urgroßeltern Geld und das entsprechende Ansehen gesammelt hatten. Holly und ihre Familie wohnten in der Oststadt, irgendwo unterm Dach, sehr beengt. Ihr Vater war Uhrmacher und ihre Mutter arbeitete als Verkäuferin in einem Blumengeschäft. Mehr wusste ich damals noch nicht über sie. Dass beide, Hubs und Holly, das Gymnasium absolvierten, ließ mein Vater nicht als Ebenbürtigkeit gelten. Die Familie sei das, was zähle. Und Sabine begann eine endlose Debatte mit ihm, darüber, was den Wert eines Menschen ausmache, dass es nichts mit guten Tischmanieren und einer Kenntnis von zwei Dutzend Zitaten aus Schillers und Goethes Werken zu tun habe, aber die beiden befanden sich so sehr auf unterschiedlichen Schienen, dass das Ganze wie immer damit endete, dass Sabine die Tür hinter sich zuschlug und Mutter ängstlich ihre Hand auf Vaters Arm legte.

Irgendwann dann öffnete ich das Kuvert. Es enthielt ein Paar falsche Wimpern, einen großen braunen Leberfleck zum Aufkleben und eine Strähne schwarzes Kunsthaar, aufgerollt und mit einem Bindfaden zusammengefasst. Dazu eine kleine Karte, auf der stand:

„Nenn mich bitte nie mehr Holly".

Ich nahm alles in die Hand, drehte es, wendete es, verpackte es wieder und schließlich holte ich die kleine hölzerne Kiste vom Großvater, öffnete das Geheimfach und steckte alles dort hinein.

2008

Bevor ich mich aufmachte zum Treffen, duschte ich, kämmte mich und sah im Spiegel mein Gesicht, dabei erschrak ich, weil ich glaubte, meinen Vater vor mir zu sehen. Wie sehr sie in uns stecken, unsere Eltern, trotz all der Ablösungsgefechte, die wir und vor allem all jene, die man heute die „Achtundsechziger" nennt, ausgetragen haben, ist uns selten bewusst. Vielleicht auch landen wir irgendwann in ihren Spuren, weil das der Lauf der Welt ist, weil alle Menschen nur eine begrenzte Anzahl von Möglichkeiten haben, sich zu verhalten, die sie ausprobieren, weil keine wirklich perfekt ist.

1968

Immer wenn ich zu Marie-Louise ging, mein Fahrrad ein paar Häuser entfernt abstellte – das wollte sie so – , wenn unser Ritual begann, kam mir der Gedanke, dass ich Herrn Schiller glich, der sich zweimal wöchentlich zum kleinen Zack begab, und dass das Ritual, das sie zelebrieren mochten, dem unseren wohl sehr ähnlich war. So ging ich nicht mehr jedes Mal zu ihr, wenn sie anrief oder mir einen Zettel unter meinen Fahrradsattel steckte, auf ihrem Weg zu den Proben, ein Herz darauf und eine Uhrzeit, nicht mehr. Irgendwann schenkte ich ihr ein goldenes Armkettchen und wunderte mich, dass sie anfing zu weinen, als sie es ausgepackt hatte: „Das war's dann mit uns, Wolfgang, oder?"

„Nein, wie kommst du denn darauf?"

„Etwas in dir weiß mehr als du."

Es war, wie sie gesagt hatte, ich ging nie mehr zu ihr. Ich sah sie auch nie mehr seitdem. Ich machte mir vor, sie habe es gewollt, sich von dem Jungen lösen, um einen Mann zu finden, mit dem sie bald Kinder haben könnte. Aber gesagt hatte sie so etwas nie. Ich nahm es einfach an und fühlte mich seltsam frei danach.

2008

Ich ging zu Fuß zur Schule und stellte fest, dass wir offensichtlich nicht die Einzigen waren, die sich zu einem Jubiläum trafen. Im Gebäude wimmelte es von Menschen. Menschen jeden Alters, ungewöhnlich für mich die vielen Mädchen, die bunten Kleider, ungewöhnlich, obwohl ich mit meinen Kindern so viele Schulfeste und Schulkonzerte in den letzten 30 Jahren besucht habe, dass mich weder der Anblick noch die Geräuschkulisse hätten erstaunen müssen. Aber hier war ich nicht der Vater, hier war ich der älter gewordene Gymnasiast, der seine Erwartungen von damals unwillkürlich mit den Erfolgen von heute konfrontieren musste, oder wollte? Hatte Hanna Recht gehabt? War dieses Klassentreffen nur eine Art Klischeevergleich? Und wie will man an irgendeinem beliebigen Punkt in seinem Leben bewerten können, ob es gelungen ist? Man kann es jederzeit als gelungen bezeichnen, man kann die Fehler als Jugendsünden abtun, sie aufwiegen gegen das Gelungene. Ich könnte es, aber es gibt immer noch all diese offenen Fragen, deshalb kann ich es nicht.

Die altbekannten Gewölberosetten, die dicken Säulen in den Gängen und im Treppenhaus wirkten schön. Es fiel mir kein anderes Wort dazu ein. Schön, weil ich sie mit anderen Augen betrachtete. Der erste Mensch, den ich sah und erkannte, war Lobinger, unser Klassensprecher, klein und wendig, geschäftig, die Brille auf Halbmast. Wie immer, dachte ich, aber was war „immer"? Ein paar Jahre vor langer Zeit, ein paar Tage im Jahr, ein paar Stunden am Tag, ein paar Sätze hin und her, belanglos, austauschbar die Sprechenden, alles beliebig, alles, bis auf meine Freundschaft mit Hubs, bis auf die Freundschaft, die uns fünf verbunden hatte und die das Kernstück unserer Identität ausmachte. Aus einem der Räume hörte ich Chopin-Klänge – Mille, dachte ich, Rainer Millecki sah ich am Klavier sitzen, glaubte seinen über die Tasten gebeugten Rücken zu sehen, seinen entrückten Gesichtsausdruck, wie er mühelos von romantischen Walzern überwechselte zu irgendetwas anderem, das sich als verjazzter Chopin herausstellte, und dann in eine echte Dizzy-Gillespie- oder Ray-Bryant-Melodie verwandelte. Mille saß natürlich nicht dort in einem der Musikräume und spielte leidenschaftlich und schön, es war ein anderer junger Mann, schlank, blond, dem Aussehen nach ein Irgendwer wie Mille damals, aber doch nicht er.

Eine innere Unruhe ergriff Besitz von mir, kaum konnte ich mich auf die Worte des derzeitigen Schulleiters konzentrieren, der Führung durch die renovierte

Schule folgte ich wie in Trance, und erst als wir uns zwei Parallelstraßen weiter im Wintergarten eines kleinen Hotels zusammenfanden, hatte ich wieder Realität um mich.

Lobinger begrüßte uns alle, hielt dann eine kurze Ansprache, man hatte den Eindruck, er betete etwas herunter, was er zu einer ganz anderen Gelegenheit mal verfasst und nur ein bisschen modifiziert hatte, denn er ruderte haarscharf an allen Bezügen zum Anlass unsers Zusammenseins vorbei. Jeder schien damit zufrieden und stürzte sich aufs Buffet, war bald schon ins Gespräch vertieft, arbeitete sich langsam vor von einem zum anderen der Anwesenden, man stand oder saß in Grüppchen, man lachte, unterhielt sich, es ergab sich ein Bild der ungezwungenen Geselligkeit, in das auch ich mich schließlich gleiten ließ.

Mille kam verspätet dazu, sah aus wie damals, aber der bei Blonden übliche sanfte Verwandlungsprozess zum Weißhaarigen war schon merklich fortgeschritten. Nein, ein berühmter Musiker sei nicht aus ihm geworden, er sei Zahnarzt, erklärte er mir grinsend.

Lobinger, Hengstmann, Wischnewski, Eberhardt Schmidt und Karl-Heinz Schmidt, unverwandt und sehr unterschiedlich, aber erkennbar. Dieter Trost, gezeichnet von Parkinson, aber scheinbar zufrieden mit sich und der Welt, schließlich Mendel, er näherte sich mir von hinten und schlug mir kameradschaftlich auf die Schulter:

„Na, wie?“ Er grinste freundlich und ließ mich gleich wieder stehen, um sich auf einen dicken, kahlköpfigen Mann zu stürzen, den ich noch nicht identifiziert hatte und der sich schließlich mit: „Ich bin doch der Rainer“ zu erkennen geben wollte. Welcher Rainer, wollte ich gerade sagen, da zupfte er sich nervös am Ohrläppchen und daran erkannte ich Erka. Welche Metamorphose! Der schüchterne, dünne Erka, ein dicker, gemütlicher, souverän grinsender Managertyp im exzellent auf Figur angepassten Anzug mit Siegelring.

„Wenn Lupus und Hubs nicht fehlen würden ...“ Mendel hatte einen unüberhörbaren Akzent, sein „R“ nudelte er aus dem Gaumen heraus, Hanna würde den Kopf darüber schütteln, „... dann wären wir komplett“, das hatte er sicher sagen wollen, ließ es aber im Raum stehen.

„Lupus kommt bestimmt noch, er hat mir eine ausführliche Mail geschickt.“

Und Hubs? wollte ich fragen, aber ich traute mich nicht. Wenn ich fragte, gäbe ich zu erkennen, dass ich keinen Kontakt mehr zu ihm hatte, zu ihm, meinem damaligen Doppel-Ich, meinem „besten“ Freund.

1968

Ich war in der Tat auf „Hab-Acht“-Stellung, seit Hubs mich darum gebeten hatte. Aber ich übergab den Brief nicht. Er blieb in Großvaters Kästchen, so als ob mir entfallen wäre, wie man das Geheimfach öffnen musste. Ich teilte Hubs meine neue Adresse mit und fand auch gleich eine Postkarte vor meiner Tür, als ich im Oktober mein winziges Zimmer in der Fischergasse in Heidelberg bezog.

Wie von meinen Eltern erwartet, begann ich zu studieren. Ich besuchte die Schiller-Vorlesung von Professor Michelsen, so lange jedenfalls, bis sie abgesagt wurde, weil man den armen, vom Boden der Realität abgerückten Professor mit Tomaten und faulen Eiern an den Rand eines Herzinfarktes gebracht hatte. Es wurde diskutiert statt unterrichtet, die Diskutanten bedienten sich des sich zunehmend radikalisierenden Vokabulars, und so einer wie ich fühlte sich wie „the odd one out“. Das germanistische Seminar wurde geschlossen, nachdem man die verglasten Portraits von Goethe, Schiller, Lessing, Kleist und Co. von den Wänden gerissen und mit den Scherben die Treppen bedeckt hatte. Unsere Proseminare wurden abgesagt. Mitte November entschloss ich mich, die Hausarbeit für Historische Laut- und Formenlehre und den Essay für den Einsteigerkurs, beides als Ersatz für abgesagte Seminare, bei Besuchen in den Sprechstunden der Dozenten ausgehandelt, zu Hause anzufertigen. Ich war enttäuscht von dem, was sich mir als Studentenleben offenbart hatte: Chaos in den Hörsälen, schlechtes Essen in der Mensa, eine muffige, feuchte, dunkle Unterkunft. Das Einzige, was mich hätte erfreuen können, ein Seminar zur Kunst der Novelle, gehalten von einem jungen Assistenten, war mir ein Gräuel, das Zerpflücken der Texte, die Zerlegung der perfekten Geschichten in Statistiken von Wörtern, mit deren Hilfe die a-politische und reaktionäre Indoktrination des Genres bewiesen werden sollte, befremdete mich bis zum Widerwillen gegen Literaturwissenschaft schlechthin. Ich fühlte mich deplaziert, demoralisiert, degradiert zu einem unbedeutenden kleinen Atom einer Bewegung, mit der ich nichts anfangen konnte.

Am Tag meiner Abreise blieb die Straßenbahn in der Hauptstraße stecken, weil sich zum Bismarckplatz hin eine aufgeregte Menschenmenge staute. Ich stieg aus, versuchte durch die Unterführung auf die andere Seite des Platzes und so weiter Richtung Bahnhof zu gelangen. Beim Auftauchen wurde ich vom Wasserwerfer der Polizei erwischt. Da regte sich in mir der Wunsch zurückzuschlagen. Ein Impuls, der mir bisher wesensfremd gewesen war, blitzte kurz auf als Möglichkeit: Gewalt gegen Gewalt wurde denkbar.

Zu Hause stellte ich erfreut fest, dass ich die Sekundärliteratur, auf die ich in Heidelberg Wochen hätte warten müssen, sofort aus der Landesbibliothek ausleihen konnte. Ich installierte mich und versuchte beim Sonntagsbraten, meinen Vater darauf vorzubereiten, dass ich zunächst zu Hause bleiben würde.

„Wolfi, du bist und bleibst ein Feigling. Ein Himbeerbubi. Mensch, weißt du eigentlich, was für eine Möglichkeit du verschenkst? Du könntest im Zentrum der revolutionären Aktion sitzen und fliehst! Wirklich, ich verstehe dich nicht."

Sabine startete im Konversationston.

„Wolfgang will studieren und nicht stören, nicht war, mein Junge?"

Vater lächelte mir aufmunternd zu.

„Die bürgerliche Literatur wird genauso vom Sockel geholt, Vater, wie alle anderen überkommenen Werte. Weg mit den Klassikerzitaten, mit den Krawatten, den Bügelfalten, weg mit den warm gesessenen Chefsesseln der Macht, die schon wieder vom Vater auf das Herrensöhnchen weitergereicht werden sollen. Gleiche Chancen für alle, Bildung auch für die Armen, für die Arbeiterkinder, und vor allem eins: Jetzt müssen die Herren Professoren, die Herren Erzbischöfe und die Herren Chefärzte erst mal ihre Talare ausziehen und zeigen, welche Farbe ihre Westen haben, die sie darunter tragen. Die Generation der Väter muss bekennen, welchen Anteil an Schuld sie damals auf sich geladen haben. Mitläufertum ist Mittätertum."

Sabine hatte sich schnell heiß geredet. Sie vergaß zu essen, sie fixierte Vater, von dem ich eine Erwiderung wie „Chefärzte tragen keine Talare" erwartete, der aber still und stumm auf seinen Teller hinabblickte und betont langsam und akribisch eine Orange schälte.

„Ihr lasst euren Vater in Ruhe!" Mutters Stimme klang hysterisch schrill.

„Warum, Mutter, warum erzählt ihr uns nichts!"

Da stieß Vater seinen Stuhl zurück, legte die halb geschälte Orange auf den Teller und verließ den Raum.

„Euer Vater ist Mischling zweiten Grades."

„Mischling? Was soll das denn?" Sabine blähte ihre Nasenflügel auf. Sie saß jetzt kerzengerade da, wie zum Aufschnellen bereit.

„Seine Großmutter war Jüdin."

„‚Ist Mischling', sagst du, Mutter, ‚ist', so als ob das noch gültig wäre, heute, nach mehr als 20 Jahren!"

„Es ist noch gültig. Es wird immer gültig sein."

„Mischling also. Gut. Damit willst du sagen, er war kein Nazi."

„Er wurde eingezogen am 19. September 1944 zur Organisation Todt."

Sabine und Mutter saßen sich nun gegenüber und starrten einander an.

„Bevor du weiter so mit deinem Vater umgehst, informiere dich." Mutters Flüstern war scharf, ihre Augen weit aufgerissen.

Sie hatte Sabine verunsichert. Ich sei ja der Bibliotheksexperte, höhnte meine Schwester, deshalb müsste es für mich ein Leichtes sein, diese Informationen zu besorgen. Schon am nächsten Tag ging ich in die Bibliothek, fand einige Aufsätze in Zeitschriften, saß lang im Lesesaal und bekam eine Idee davon, was Vater damals erlebt haben musste. Mit zwanzig wurde er eingezogen, man steckte den jungen Mann aus behütetem bürgerlichem Milieu mit vielen anderen „Mischlingen" in diese Organisation zu Kriegsgefangenen und Zwangsarbeitern. Eine von vielen zynischen, halbherzigen „Lösungen". Mein Vater war ganz sicher nie ein Kraftkerl gewesen. Ein nach langer kinderloser Ehe unerwartet geborener, heiß geliebter, wahrscheinlich verwöhnter und gar verzärtelter Sohn muss er gewesen sein. Die Großeltern Runge hatte ich nur kurz erlebt, sie starben im Abstand von wenigen Wochen, als ich noch nicht in die Schule ging. Wir übernahmen dann ihre Wohnung mit den Möbeln, die vom Behagen einer bürgerlichen Existenz zeugten. Großvater war Richter gewesen. So viel wusste ich. Es gab einige Alben mit den üblichen Fotos. Ein glücklich lächelndes Hochzeitspaar, ein Baby, ein Kleinkind, Schulkind, Konfirmand, ein gehätschelter Sohn. Am Meer, in den Bergen, im Sommer, im Winter. Eine Familie, wenige

Freunde, ein normales Leben. Scheinbar normal. Von den Beschränkungen, der Angst, die sie gehabt haben mussten, sah man auf diesen Fotos nichts. Großmutter nannte die Namen der unbekannten Personen und Orte, vielleicht in der Hoffnung, wir würden uns alles merken und eines Tages erinnern, damit es nicht ganz vergessen werde, aber unser Interesse an all dem war gering. Jetzt dachte ich weiter, spekulierte über das, was keiner uns erzählt hatte und auch die Familienalben nicht preisgaben. Der behütete Sohn wurde zum Menschen zweiter Klasse degradiert und als solcher landete er bei der Organisation Todt, die ganz derbe Aufgaben hatte: den Westwall bauen, den Atlantikwall, die von den Briten zerstörte Möhnetalsperre wieder aufrichten, alles Projekte in besetzten Gebieten. Dreizehn, vierzehn Stunden schwerste körperliche Arbeit an jedem Tag, schlechte Ernährung, schlechte Unterkünfte und neben sich der Abschaum der damaligen Gesellschaft, Sklaven, Arbeitstiere, gerade noch gut genug, dass man sie nicht sofort mit dem anderen „Ungeziefer" vernichtete.

Ich informierte Sabine und sie erwiderte trotzig:

„Na schön, na schön. Vater ist raus und Mutter scheint ja ihre Sünden abzubüßen. Aber das ist privat, Wolfgang, verstehst du? Das ist ganz und gar privat, und wir beide sind dadurch nicht raus. Wir müssen trotzdem kämpfen um mehr soziale Gerechtigkeit, um eine verlässliche demokratische Gesellschaft, Chancengleichheit. Wenn jeder sich aufs Private zurückzöge, dann würde sich nie etwas ändern."

Ihre Kampfeswut war nur abgeschwächt. Sie verkehrte weiterhin mit der „revolutionären Bewegung“, sie nahm Teil am Demonstrationszug gegen die lokale Zeitung Ende November und Vater sprach kein Wort mehr mit ihr.

Von Hubs kam nach langer Pause wieder ein Brief: Zu Weihnachten bekäme er endlich Urlaub. Erka sei inzwischen auch in der Bruchsaler Eichelberg-Kaserne angekommen, zwar nicht auf seiner Stube, aber doch immerhin da, und so seien sie schon zu zweit, um sich ein bisschen gegen die Proletenärsche zu wehren, die sich einen Scherz daraus machten, den Gymnasiasten das Leben zur Hölle zu machen. Von dieser Hölle hatte er bisher nichts erzählt. Aber es musste sie die ganze Zeit schon gegeben haben, so sehr, dass er sie nicht einmal thematisieren konnte.

Mich plagte mein schlechtes Gewissen. Nichts hatte ich ihm geschrieben über Hollys Botschaft. Ich hatte sogar verschwiegen, dass wir uns getroffen hatten. Einem diffusen inneren Antrieb folgend ging ich eines Mittags den kurzen Weg hinüber zu Hollys Schule, um auf sie zu warten, sie abzuholen, mit ihr zu sprechen. Was ich ihr sagen würde, ergäbe sich, dachte ich.

Aber sie kam nicht. Kam auch am nächsten Tag nicht. War sie in Amerika geblieben? Auch ohne Krieg? Bei diesem Gedanken begann es in meinem Hals verdächtig zu kratzen und kitzeln. Ich versuchte, mich abzulenken. Bloß kein Anfall jetzt! Da sah ich Hollys kleine blonde Freundin, die sie damals eskortiert hatte, als wir vor Wäsche-Pfisterer auf sie warteten. Ich sprach sie an und erfuhr, dass Holly vorübergehend aus der Schule ausgeschlossen worden sei. Sie habe „agitiert". Hollys Freundin klapperte sensationslustig mit ihren langen, gebogenen Wimpern, fixierte mich und wartete ganz offensichtlich auf meine Reaktion.

Ich konnte meine Aufregung gut verbergen, so lange jedenfalls, bis ich außer Sicht war. „Agitiert"? Was hieß das? Hatte sie Tomaten geworfen? Oder sogar Steine? Der Demonstrationszug zur Zeitung in der Innenstadt war mit viel verbaler Aggression, aber ansonsten nicht wirklich schlimm verlaufen. Natürlich, die Polizisten standen jetzt auch hier in Karlsruhe auf der Gegenseite. Trugen sie Schusswaffen? Wäre es denkbar, dass auch hier bei uns ein Benno Ohnesorg sein Leben lassen könnte?

Ich konnte den Schritt nicht vollziehen, der aus Holly eine schreiende Demonstrantin machte, die auf Menschen mit Gegenständen warf. Die Holly, die ich kannte, kämpfte mit Worten, kämpfte um die Klarheit des Geistes. Wenn sie sich aufrichtete und anspannte beim Diskutieren, dann strengte sie sich an, Gerechtigkeit für alle, Mann und Frau und Kind, die Reichen und die Armen, die Klugen und die Dummen, als verwirklichbares Ziel an ihrem Horizont aufzuhängen.

Ich holte mein Rad und fuhr in die Oststadt. Im Hinterhof hatte Hollys Vater seine Werkstatt. Dorthin ging ich zuerst. Sagte guten Tag und hoffte, erkannt zu werden.

„Ja?"

Ich musste tief Luft holen, es war mir unbehaglich, mich vorzustellen. Wer war ich in Bezug auf Holly? Ein Freund? Ein Freund ihres Freundes? Ihres ehemaligen Freundes?

„Ach, sind Sie nicht Hubs?"

„Nein. Ich bin ... Luft."

„Hubert Luft?"

Ein bisschen musste ich schmunzeln über seine verständliche Verwirrung.

„Nein. Ich heiße eigentlich Wolfgang Runge. Luft ist mein Spitzname."

„Haben Sie zu viel oder zu wenig davon?"

„Wie?"

„Luft, meine ich."

„Ach so. Eigentlich manchmal zu wenig."

„Aber deshalb sind Sie nicht hier."

Plötzlich verließ mich mein Mut. Wie, wenn er so mit Holly stand wie mein Vater mit Sabine? Würde ich seinen Zorn herausfordern, wenn ich nach ihr fragte? Lange schon hatte ich keinen Anfall mehr gehabt, aber ich spürte, dass etwas im Anzug war, und fummelte nervös in meiner Anoraktasche. Da begann er zu meiner großen Erleichterung selbst zu sprechen.

„Du bist Asthmatiker?“

Ich nickte. Und er nickte. Er auch, brummte er vor sich hin, ohne mich dabei anzusehen, setzte sich auf seinen Stuhl und wies mit der Hand auf einen Hocker im Hintergrund des Raumes.

„Es geht um meine jüngste Tochter, nicht wahr? Ich habe den Eindruck, dass du nicht zu den Durlacher Freunden gehörst.“

Ich nickte und schluckte, versuchte gegen das Engerwerden meiner Brust anzukämpfen.

„Sie ist in einer schwierigen Phase. Hat sich vorgenommen, die Welt besser zu machen. Das wollen viele in ihrem Alter. Aber sie ist auf einem Holzweg, verstehst du? Wenn ich ihr das allerdings sage, wird sie das nicht beeindrucken. Erstens, weil ich auch auf einem Holzweg war, damals, als ich jung war, und zweitens, weil ich auch jetzt wieder auf einem Holzweg bin, ihrer Meinung nach.“

Er hatte sich inzwischen zurückgelehnt, hatte die Arme vor der Brust verschränkt, die Hände unter die Achseln geklemmt.

„Ich will nur noch meinen persönlichen Frieden. Ich will, dass man mich in Ruhe lässt. Ich brauche nichts von niemandem und ich gebe nichts, niemandem. Ich zahle meine Steuern und zahle mein Bier selbst. Ich bin weder meines Bruders noch meiner Tochter Hüter. Jeder muss seinen Weg gehen. Du auch, Luft! Du auch.“

Inzwischen rasselte ich schon ziemlich und er als Asthmatiker musste das hören. Ich wollte weg, aber es war zu spät. Ich hatte wieder mal mein Spray vergessen und das Wissen darum verwandelte sich in Panik. Die Sekunden dehnten sich, er saß vor mir, quälte mich mit weiteren Ausführungen seiner Lebensphilosophie. Endlich holte er eine kleine Flasche aus seiner Schublade und gab sie mir, half mir, weil meine Hände so zitterten, griff zum Telefon, rief hinein:

„Martha, komm mal schnell runter!“ Er zog mich hoch, stellte sich vor mich hin und nahm mich in den Arm, wiegte mich hin und her wie ein kleines Kind und wartete mit mir, bis es besser wurde, bis der verdammte Krampf in meiner Brust, dieses Biest, das sich meiner bemächtigen wollte, abließ von mir. Inzwischen kam seine Frau, sie öffnete das Fenster, setzte einen Topf auf eine elektrische Platte und nach kurzer Zeit erfüllte ein merkwürdig würziger Duft den Raum, der mir zusätzliche Erleichterung verschaffte. Kein Wort fiel. Die beiden verständigten sich nur mit Blicken.

Sie nahm mich schließlich mit hinauf in die Wohnung. Das Wohnzimmer war rundum mit Bücherregalen vollgestellt, Zeitungen lagen in Stapeln auf dem Boden. Von einem Uhrmacher und einer Blumenverkäuferin hätte ich anderes erwartet. Ein bisschen ließ sie mich damals schon in ihre Karten schauen. Deutete an, dass ihr Mann sich „nach dem Krieg“, wie sie es nannte, entschlossen hätte, einer manuellen Tätigkeit nachzugehen als Sühne für seine Verblendung, aber das formulierte sie anders, Sühne ist mein Wort dafür. Ich hörte ihr zu und Bewunderung wuchs in mir, man muss es mir angesehen haben, denn sie erschrak über meine Reaktion, brach in erregte Erklärungen aus: „Das ist nichts zum Nachmachen, Wolfgang“, sie hatte mich sofort mit meinem Namen angesprochen, Holly musste ihr von mir erzählt haben, „nichts zum Anhimmeln, verstehst du? Es ist eine Art von Hochmut. Aber es ist nur ein Teil seiner Persönlichkeit. Er sagt, er will nur seine Ruhe, aber er ist da, bei mir, bei den Kindern, wir haben alles, was bisher war, zusammen erlebt, das Schöne zusammen genossen und das Schwere zusammen ausgehalten. Das kannst du jetzt noch nicht verstehen, Junge, später vielleicht. Ich will dir nur sagen, dass oft die Worte den Taten zuwiderlaufen, dass man immer beides sehen muss. Na, jetzt geht's dir besser. Jetzt kannst du nach Hause, nicht wahr?“

Ich ging, ohne mehr über Holly erfahren zu haben.

2008

Ein Lehrer kam schließlich zu unserem Treffen: Unser Deutschlehrer. Er sah fast genau so aus wie früher, war inzwischen Mitte siebzig, aber noch schlank und aufrecht. Das bedeutet, dass er uns damals, da musste er Mitte dreißig gewesen sein, schon viel älter erschien, als er war. Ich erinnerte mich an seine deutliche, klare Aussprache, die nichts verriet über seine regionale Herkunft. Dass er uns anhielt, den Text genau zu betrachten, uns bei Interpretationen an das zu halten, was der Text hergab, „nicht abheben, keine U-Boot-Expeditionen", daran musste ich denken, als ich ihn sah. Das Wichtigste bei ihm war, dass seine Benotung keinen Einfluss nahm auf seine Haltung als Lehrer dem Schüler gegenüber. Weder waren die Einserschüler seine Lieblinge, noch ließ er diejenigen, die nie über eine Vier hinauswuchsen, irgendeine Art von Herablassung spüren. Er blieb sachlich und objektiv, scheinbar kühl. Ab und zu blitzte menschliche Neugier durch, dann, wenn er uns unversehens mit unseren Spitznamen ansprach, irgendwann, zwischendrin, man hätte später meinen können, man habe sich verhört.

Er begrüßte uns mit Handschlag, einen nach dem anderen, versuchte unsere Namen zu erinnern und entlockte uns einige Sätze über unser Befinden, allein durch seinen direkten Blick. Manchmal in meinen Träumen, damals vor 40 Jahren, hielt mein Vater plötzlich den Kopf so wie er, sah mir in die Augen, neugierig und abwartend und ich begann, zu erzählen, was mich bedrückte.

1968

Weihnachten nahte. Hubs kam zurück. Wir verabredeten uns, wollten uns in der Theaterkantine treffen. Lupus war der Einzige von uns, der nach wie vor als Statist tätig sein konnte, denn er studierte in Karlsruhe Bauingenieurwesen. Ich machte mich mit einer gewissen Befangenheit auf den Weg, es war mir unangenehm, möglicherweise auf Marie-Louise zu treffen. Aber ich erfuhr schnell und ohne dass ich selbst hätte danach fragen müssen, dass sie ein Engagement in Berlin angenommen habe. Kein Ehemann, kein Baby wurden erwähnt. Ich begnügte mich mit dieser lapidaren Information, so als ob sie niemals mehr als irgendeine Frau gewesen wäre, mit der wir alle hier herumgealbert hatten. Lupus hatte sein Äußeres verändert. Seit wir uns das letzte Mal gesehen hatten, war er sicherlich nicht mehr beim Friseur gewesen. Er trug einen Rollkragenpullover und eine ausgebeulte Cordsamthose. Hubs rauchte, trank schnell mehrere Biere und vermied Blickkontakt mit mir. Er sei schon im Turm gewesen, habe gehört, dass sich was tue, er grinste vielsagend, Lupus habe sich wohl aus der Politik zurückgezogen, was? Erka und er müssten vorsichtig sein, man werde durchleuchtet, wenn man beim Bund sei. Mendel stieß erst später zu uns. Ab dann wurde nur noch von all den Heldentaten gesprochen, die die Rekruten erlebt hatten, bis hin zu gemeinsamen Bordellbesuchen in Griechenland, denen man sich nicht habe entziehen können; da sah Hubs mir zum ersten Mal in die Augen und ich bemerkte Triumph darin. Zuerst dachte ich, ich hätte mich getäuscht, aber als wir beide übrig blieben, vor der Feuerwehr noch standen, ein Bein über die Fahrradstange gehängt, die Arme auf die Lenker gestützt, so wie immer, so wie ‚früher', als wir dort noch einmal zusammenstanden, wo sich unsere Wege trennen würden, mein Freund Hubs und ich, quatschten wie in alten Zeiten, bis uns fast die Hände abfielen vor Kälte, da kam er noch einmal darauf zu sprechen.

„Tja, das war anders als Gänseblümchensex, Luft, das war echt zum drin Ersaufen im Rausch und, verstehst du, Luftie, es war zentral, kein peripheres, zweifelhaftes Möchtegernvergnügen."

Er grinste vielsagend, ich wusste nicht, womit er unausgesprochen glaubte, mich zu beeindrucken.

„Hör mal Hubs, ich glaube Holly ..."

„Alles klar, Luft. Ich habe sie getroffen im Turm. Ich bin wieder am Ball. Ziemlich gut dabei sogar", er stieß ein eigenartiges, krachendes Lachgeräusch aus. „Die Weiber sind doch alle irgendwie gleich. Ein bisschen Rotwein und ein bisschen Trara, dann werden alle schwach. Ich muss nur ..., tja, ich denke, ich muss mir was einfallen lassen, irgendeinen Knüller, verstehst du, etwas, das ihr deutlich macht, dass ich sie wirklich liebe."

Ich bin mir ganz sicher, dass er das gesagt hat: „Dass ich sie wirklich liebe". Es klang altklug, pathetisch, und beeindruckte mich mehr als alles andere, was er bisher zum Besten gegeben hatte. Nach unserem Abschied fuhr ich die kurze Strecke nach Hause mit schwerem Herzen und konnte lange nicht einschlafen.

An Weihnachten traf ich Holly und Hubs bei der Christmette in der Stadtkirche. Er saß zwischen ihr und ihrer Schwester Mona, daneben Hollys Mutter. Ich ging zu ihnen und wünschte ihnen frohe Weihnachten, meine Eltern nickten ihnen zu, aus einem Sicherheitsabstand, wie mir schien. Gegen diese Berührungsängste meiner Eltern fühlte ich Aufruhr, ohne nachzudenken, was ihre Gründe sein könnten. Ich interpretierte ihr Verhalten als sozialen Hochmut. Es gab ja Anhalte, die in diese Richtung wiesen.

Zwischen Weihnachten und Neujahr hingen wir fünf Freunde jeden Tag miteinander rum. Besuchten uns gegenseitig, hörten Musik, fuhren mit den Rädern in den Hardtwald, gingen in die Kneipe beim KSC, die anderen rauchten, wir tranken ein Bier nach dem anderen, und es wurde wieder ausführlich von den Erlebnissen der Soldaten erzählt. Am 27. Dezember fanden wir uns alle ein bei Lupus, dessen Eltern in Ascona weilten, wie er sich ausdrückte. Wir wollten die Live-Übertragung der Landung von Apollo 8 anschauen. Mendel, Hubs und Erka gebrauchten das einschlägige militärische Vokabular und sie taten so, als ob es direkt von ihnen abhinge, dass die Astronauten wieder heil aufschlagen könnten, bis Mendel plötzlich sagte:

„Wisst ihr was, wir hören uns schon so an wie unsere Alten. Wenn mein Vater vom Krieg erzählt, und das tut er nach wie vor oft und gern, dann hört sich das an wie ein endlos langes Räuber-und-Gendarm-Spiel. Wie ein Abenteuer. Etwas, worauf man doch irgendwie stolz ist."

„Mein Alter war nur ein Schreibtischhengst. Der hat sich durchgemogelt", sagte Lupus. Ich hatte keinerlei Lust, über die Erfahrungen meines Vaters auch nur ein einziges Wort zu verlieren.

„Hej Luft, wie immer schweigsam! Was machen denn Schiller und Goethe? Mann! Könnt ihr euch Luft vorstellen, wie er mit rotem Stift ein paar hundert Kommas in die Hefte von zehnjährigen Rotzbuben reinkritzelt?"

Hubs grinste wieder spöttisch: „Oder die Stilelemente des Sturm und Drang erklärt." Das übliche anzügliche pubertäre Gefeixe!

„Mal was anderes, Leute. Was machen wir an Silvester?"

Und dann ging es los. Der Ablauf des „Geschehens“, obwohl später so oft berichtet, obwohl dokumentiert, erklärt, gedeutet, wieder und wieder beleuchtet aus allen möglichen Perspektiven, ist nebelhaft in mir. Bis heute. Ob sich das ändern könnte, wenn ich mit Hanna heute darüber spräche, weiß ich nicht. Man müsste einen Psychologen fragen. Da es mir gut geht, da ich so viel Glück hatte in meinem Leben, gab es nie einen Anlass, in diesem Teil meiner Vergangenheit noch einmal herumzustochern. Die Erinnerung ist nicht vergessen oder verdrängt, sondern einfach weg. Da ist ein Loch, schwarz oder weiß, wie man es nimmt.

2008

Unser Deutschlehrer setzte sich einige Minuten auch neben mich und hörte mir zu, wie ich berichtete von damals, meiner Anfangszeit in Konstanz, dem Aufbau des Programmierens als Fachrichtung. Pascal, Algol und schließlich die erste grafische Bedieneroberfläche, Podest zum Sprung in die neue Zeit. Die erste Maus in unserer Hand. Die erste Software für die Klimaforscher, die ersten Hochrechnungen. Ich erzählte von meinen Fernreisen, den Wetterstationen auf den Dächern der Welt, in Tibet, in den Anden. Er hörte aufmerksam zu, nickte, und lächelte, legte schließlich sogar seine Hand auf meine und sagte in seinem prononcierten Duktus:

„Runge, um Sie habe ich mir manchmal Sorgen gemacht. Es fehlte Ihnen so ganz das Feuer der Jugend, der Aufruhr, der Mut zur Selbstbestimmung. Sie waren ein guter, ich möchte sagen: ein extrem angepasster Schüler, nicht nur in Deutsch. Ihre Aufsätze hatten Hand und Fuß. Aber als Sie anfingen, Germanistik zu studieren, da sah ich Sie schon vor mir als verkümmerten Pauker, der nie versucht hatte zu leben, der im

Kleinkram der angewandten Pädagogik erstickt. Es gehört viel dazu, als Lehrer seine Freude an der Sache, die man zu vermitteln versucht und die für den Schüler schließlich nicht dieselbe Bedeutung hat wie für den Lehrer – noch nicht einmal die gleiche", er lächelte mich an, „nicht zu verlieren, und ein Leben neben der Schule braucht man allemal. Na, Sie haben das sehr gut hingekriegt. Sind ganz ausgestiegen, bevor es zu spät war. Angewandte Mathematik! Nicht schlecht! Zahlen! Eindeutiger als Worte. Das, was Sie hier so kokett als Feigheit vor der Revolution bezeichnet haben, sehe ich als eine Art Befreiung".

Ich wollte etwas erwidern, wollte sagen, es war ganz anders, ich habe mich nicht befreit, sondern ich bin aus der Bahn geworfen worden, ich habe fast die Spur verloren, wollte ihm erklären, dass es mir ohne Hanna nicht gelungen wäre, wollte bekennen, wie schwer es mir heute oft noch fällt, mich im Spiegel zu betrachten, dass mich der Anblick weder froh noch stolz stimmt und dass es mir dann erst besser geht, wenn mich meine Tochter umarmt, wenn meine Söhne mich um Rat fragen oder wenn ich es in Hannas Augen blitzen sehe, dieses Ja, das sie mir immer wieder schenkt und an dem ich bis heute zweifle.

1968

Unsere Freundschaft hatte sich verändert. Die Paarstruktur war genauso zerbrochen wie die Gruppe. Zu Erka und Hubs gesellte sich nicht etwa der dritte Rekrut Mendel, sondern Lupus, der den beiden bewundernd lauschte, wenn sie die Hochs und Tiefs ihres soldatischen Lebens breitwalzten. Aber an jenem Abend, als wir auf die Rückkehr von Lovell, Borman und Anders warteten, Bier tranken, Leberwurstbrote aßen, lachten und quatschten, alberten, sogar balgten wie Zehnjährige, entstand noch ein letztes Mal eine Einheit. Dabei wurde der Plan entwickelt, dass Erka sich Material für ein fantastisches Fantasieerlebnis beschaffen sollte. Wir wollten eine Art gigantisches Feuerwerk auslösen, Sprengstoff in die Mitte eines Straußes roter Rosen platzieren, der sie auflösen sollte in ihre Bestandteile. Vor unserem inneren Auge, dessen Optik schon kräftig vom Alkoholgenuss verzerrt war, rieselte ein roter Blätterregen auf Hollys Haupt, auf ihre abgespreizten Arme und häufte sich um ihre Füße, kniehoch, bis sie sich hineinfallen ließ, und ich stellte mir vor, wie Hubs auf sie sank und in ihrer Umarmung ertrank wie in einem Rausch, und eine Mischung aus Genugtuung und Schmerz glühte in mir und brachte mich fast zum Weinen.

Mir fiel die Aufgabe zu, die Rosen zu besorgen. Ich musste dafür mein Sparbuch plündern und mehrere Blumengeschäfte abklappern, fast wäre ich dabei noch Hollys Mutter in die Arme gelaufen, bisher hatte ich nicht gewusst, wo sie beschäftigt war ... Außerdem sollte ich über Sabine und die Leute vom Turm herausfinden, wo Holly sich am 31. abends aufhielte.

„Das hab ich mir schon lange gedacht, dass du scharf bist auf das Mädchen von deinem Freund, Wolfi. Na, nicht ganz so ehrenhaft, wie mein Herr Bruder sonst alles gern hat, was?"

„Du spinnst, Sabine. Sag's lieber offen und deutlich, wenn du mir nicht helfen willst."

„Es ist mir eine Ehre, mein Herr, dass ich mal wert bin, von Ihnen beachtet zu werden, dass Sie aus Ihrem Elfenbeinturm herabsteigen und geruhen, meiner unwürdigen Existenz Beachtung zu schenken." Sabine spöttelte herum und ärgerte mich.

„He, weißt du nicht, dass die was mit dem Guru aus der Turmclique hat?"

„Was soll das heißen? Meinst du Jack?"

„Der nennt sich jetzt Che. Ja, sicher, ist seine Mieze, sagt Theo jedenfalls."

„Das hat dein Theo vollkommen falsch verstanden. Die beiden diskutieren eben gern miteinander."

„Ach, so nennt man das jetzt. Ich habe eher den Eindruck, dass die sich aufs Make-Love-not-War-Spielen geeinigt haben."

Ich drehte mich abrupt um und zischte: „Lass es einfach sein, wenn du nicht willst."

„Wolfgang, halt mal, komm her, war doch nicht so gemeint. Mensch, du verstehst überhaupt keinen Spaß, du bist ein vollkommen humorloser Typ geworden. Komm her, du, bist doch mein Brüderle."

Sie meinte das alles nicht so, der Zynismus war eine Art Dauerverkleidung für sie geworden, aber sie liebte mich wie in alten Zeiten und so rief sie noch am selben Abend an und ich erfuhr, dass Holly mit ihrer Familie zu Hause Silvester feiern würde. Sogar die große Schwester Ulla und ihr amerikanischer Soldat wären dabei mitsamt dem Kind. Weihnachten habe die Schrecken des Krieges außer Kraft gesetzt, und das für die Dauer einer ganzen Woche, höhnte Sabine.

Wir bauten schon ab zehn Uhr abends auf, hatten uns so vor dem gegenüberliegenden Haus postiert, dass man das Feuerwerk gut vom Fenster oben würde sehen können, aber es war auch besprochen, dass einer klingeln sollte, um Holly herunterzulocken. Erka werkelte konzentriert vor sich hin wie ein Roboter, er steckte die Trommel mit dem Sprengstoff in einen mit Sand gefüllten Eimer. Ganz offensichtlich hatte er alles nicht nur minutiös ausgerechnet, sondern auch noch ausprobiert. Die Rosen wurden um die Trommel gebunden, es waren sicher fast hundert Stück. Ihre Dornen stachen uns durch unsere Wollhandschuhe hindurch. Nur Lupus trug Lederhandschuhe. Im Eifer des Gefechtes bemerkten wir das viel zu spät, um davon zu profitieren. Noch tagelang hatte ich kleine gerötete Einstichstellen, die unangenehm juckten.

Diese Sylvesternacht 1968 klirrte vor Kälte. Gegen elf begann es zu schneien. Hauchfeine Flöckchen wirbelten durch die Luft, nahmen uns die Sicht, verwandelten Asphalt und Baumgerippe in eine malerische Winternachtkulisse. Aus den umliegenden Fenstern hörte man Kreischen und Lachen und die ersten Knaller gingen da und dort hoch, auch Leuchtraketen pfiffen schon vereinzelt durch die Nacht. Wir traten von einem auf den anderen Fuß, steckten immer wieder die Hände in die Taschen, Lupus und ich standen nur rum, während vor allem Erka und Mendel an dem Sprengkörper manipulierten und Hubs um die beiden herumhopste, sie anfeuerte, kicherte, immer wieder aus einer Flasche Schnaps trank, die er an uns weiterreichte. Als sie leer war, zog er eine weitere aus seiner Fahrradsatteltasche.

„Wisst ihr was, wir müssen das ganze vor Mitternacht loslassen, sonst geht es im allgemeinen Geknalle unter.“ Er setzte Erka so unter Druck, dass der ihn anschnauzte, er solle sich endlich beruhigen, sonst gäbe es gar kein Feuerwerk. Dann war es so weit. Lupus sollte klingeln gehen, er hatte aber keine Lust dazu, er saß schon im Eingang des Hauses und schlief fast. So blieb nur ich.

Ich drückte mehrmals auf den kleinen schwarzen Knopf, klingelte Sturm, bis sich oben das Fenster öffnete und Mona heraussah.

„Eine Überraschung für Holly, kann sie mal runter kommen?"

„Wer ist denn da unten, man kann ja nichts sehen?"

„Hollys Freunde sind hier", rief ich, „sie weiß schon wer."

Ich blickte hinauf, Monas Kopf verschwand, dann erschien Holly am Fenster und gerade als sie sich aus dem Fenster lehnte, hörte ich hinter mir den Knall und kurz darauf den Schrei.

Diesen Schrei hörte ich noch monatelang. Immer, immer wieder.

Lupus hatte sich aufgerichtet und taumelte über die Straße zu den anderen, die in einem Knäuel auf den zerfetzten Rosen übereinander zu liegen schienen. Ich rannte zu ihnen und sah einen großen dunklen Fleck im Schnee, hörte Mendel wimmern, Hubs schreien, dass man Hilfe holen müsse, schnell, Lupus drehte sich weg und erbrach sich, Erka ging auf Hubs los und schlug auf ihn ein, hinter uns klapperten eilige Schritte, Holly, Mona, ihre Mutter kamen zu uns gelaufen. Holly klingelte am Haus, vor dem wir uns aufhielten, und gleich darauf ging die Beleuchtung an. Mendel, über und über mit Blut bespritzt, hielt mit der einen Hand die andere an sich gepresst, war inzwischen ganz still, presste die Lippen aufeinander und hielt die Augen geschlossen. Langsam, ganz langsam sackte er in sich zusammen. Ich konnte ihn auffangen, seinen Oberkörper in meinen Schoß betten, umklammerte ihn und wiegte ihn hin und her.

„Mendel, sei ruhig, es wird alles gut. Wir holen Hilfe.“ So was Ähnliches stammelte ich dauernd vor mich hin, bis die Ambulanz kam und man mir Mendel abnahm. Inzwischen läuteten die Glocken der großen Kirchen, wir gingen unter in ihrem Klang wie in einer Flutwelle. Das Befreiende an diesem Läuten war, dass wir endlich weinen konnten, laut heulen vor Verzweiflung, vor Angst vor dem Ausmaß dessen, was sich ereignet hatte, was wir angerichtet hatten. Nachdem der Krankenwagen losgefahren war, nahm Holly uns mit hinauf in die Wohnung, wo auch ihre andere Schwester und ihr amerikanischer Schwager noch auftauchten. Ich rief bei den Seuferts an und sagte, dass Mendel einen Unfall gehabt habe, in welches Krankenhaus man ihn gebracht habe, und dass wir auch dorthin kämen. Dann drehte ich mich um und ging, nahm an, dass mir alle folgen würden, aber als ich mich schließlich auf mein Fahrrad schwang, war ich allein. Und auch im Krankenhaus war ich allein. Fragte mich durch zur Ambulanz, traf dort auf die Seuferts und schilderte in wenigen Worten, was passiert war. Inzwischen kamen Holly und Erka. Hubs hatte sich wohl um Lupus gekümmert. Wir blieben, bis der Arzt erschien und uns mitteilte, dass Mendels rechter Daumen zerfetzt sei, man habe zwei Glieder amputieren müssen und außerdem vom Zeigefinger das oberste Glied.

Herr Seufert schickte uns am frühen Morgen nach Hause.

2008

Robert Wolf tauchte schließlich auf, da war ich schon im Aufbruch, ging herum, um mich zu verabschieden. Wir gaben uns die Hand, und es breitete sich Verlegenheit aus, ich hatte sogar das Gefühl, dass die Gespräche um uns her erstarben, alle uns anstarrten. Da stand Mendel auf und zoppelte jeden von uns an einem Ärmel.

„Rainer, wo bisch?", rief er fröhlich und Erka wandte sich um, zog die Brauen hoch und schüttelte den Kopf.

„Wir haben auf dich und Hubs gewartet", Mendel ließ nicht locker.

„Hubs?" Lupus starrte uns an.

„Das wisst ihr nicht?"

„Was wissen wir nicht?"

„Hubs ist doch schon ..."

„Was?"

„Hubs ist schon lange tot."

„Na, komm mal mit, Lupus, komm, wir trinken erst mal einen."

Mendel schob uns vor sich her, wir setzten uns, tranken einen, zwei, drei Schnäpse, dabei erzählte uns

Lupus seine Geschichte. Unistudium abgebrochen, zur Ingenieurschule gewechselt, das ging auch schief, dann mit 24 eine Lehre angefangen, dann zum ersten Mal in die Klappse, wie er es nannte. Eine Krankenschwester geheiratet, Hausmann gespielt, bei seinen beiden „süßen Töchterle" geblieben, bis zur Scheidung jedenfalls. Lupus begann zu heulen, Mendel legte den Arm um ihn und machte mir ein Zeichen, dass ich noch mal was zu trinken bestellen solle.

Ich suchte den Kellner, erklärte ihm, was er wohin bringen möge und hatte plötzlich keine Lust mehr zurückzugehen. Ohne mich umzusehen, verließ ich das Hotel und tauchte ein in die Nacht.

Ich schlenderte zum Stadtgarten hinüber, nicht Richtung Zentrum, sondern ins „Beiertheimer Wäldle", das damals einen dubiosen Leumund hatte. Man raunte von Angriffen auf harmlose Spaziergänger, Mutter verlangte von Sabine, dass sie es meide, aber Sabine traf sich dort schon mit ihrem ersten Flirt, Hannes Hoffmann, und genoss dankbar die Dunkelheit, statt sie zu fürchten. Unsere Eltern, nicht nur meine, alle Eltern meiner Freunde waren voller unausgesprochener, versteckter Ängste, die sie in Verbote und Gebote für ihre Kinder verwandelten, ohne zu erklären. Wahrscheinlich waren sie sich selbst nicht im Klaren über deren Ursprung. Wer Ängste zugab, den hielt man für labil, lebensuntüchtig, paranoid. Es galt, kraftvoll und optimistisch den Fortschritt und den Aufschwung zu verwirklichen und die Kinder darauf vorzubereiten, dass man nur darauf wartete, ihnen das Staffelholz übergeben zu können.

Sie spielten die Starken, die Beschützer, die Alleswisser und Alleskönner, sie entsprachen dem Bild von Müttern und Vätern, das jedes Kind schon vor der Geburt in sich trägt, aber es war eben nur gespielt. Das wussten wir nicht, woher auch, wer hätte es denn zu artikulieren gewagt. Instinktiv ahnten wir diesen Betrug und das frustrierte uns. Aus dieser Frustration machte jeder etwas anderes. Der eine verwandelte sie in Selbsthass, der andere in Aggression. Diese Erkenntnis kann nur im Rückblick geschehen. Damals lief alles ab mit einer fatalen Zwangsläufigkeit. Sowohl für Deutschland als auch für uns fünf Freunde.

1968

Mendel blieb eine Woche im Krankenhaus und wir hingen alle ständig bei ihm rum. Er war trotz seines schrecklichen Verbandes bald schon wieder guter Dinge, einer der Ärzte hatte ihm in Aussicht gestellt, dass es in Hamburg eine Spezialklinik gäbe, wo man ihm, sobald die Wunde verheilt wäre, einen Zeh transplantieren würde. Wir hörten uns das stumm an, wollten ihm die Hoffnung nicht rauben, aber keiner von uns konnte sich das vorstellen. Dass es schließlich doch gelang, war keine leichte Sache und Mendel musste sich gut ein Dutzend Mal unters Messer begeben, bis man ihm eine recht passable Ersatzhand gefertigt hatte. Er ging trotzdem seinen Weg, geradliniger als wir alle.

Auch Holly tauchte oft bei Mendel auf, aber wenn sie kam und wir waren auch da, dann sagte sie: „Ach, du hast schon Besuch, da komme ich ein anderes Mal wieder."

Worauf wir wortlos aufstanden und hinausgingen. Wir kommentierten Hollys Verhalten nicht, saßen schweigend auf der Holzbank vor der Tür des Krankenzimmers und warteten, bis sie wieder ging.

Schließlich wurden wir alle nacheinander auf die Polizeiwache einbestellt und mussten zu Protokoll geben, was genau wann und wie passiert sei. Herr Seufert besuchte reihum unsere Eltern und erklärte ihnen, dass es zu einem Gerichtsverfahren käme, das sei der übliche Weg; wir hätten gegen das öffentliche Interesse verstoßen und uns damit strafbar gemacht. Er war sehr nett und machte niemandem irgendwelche Vorwürfe. Mein Vater holte mich daraufhin in sein Arbeitszimmer und ließ mich den Hergang schildern, folgte stumm meinen Ausführungen und sah mich kalt an dabei. Dann empfahl er mir, wieder nach Heidelberg zu gehen und zu versuchen, meine Scheine zu machen, damit mir das Semester nicht flöten ginge. Ein frommer Wunsch. Entweder wurde die Veranstaltung gestört oder ich saß interesselos und geistesabwesend zwischen Leuten, die ich nicht kannte und nicht kennen lernen wollte. Zu einigen Terminen trat ich gar nicht an, andere verpatzte ich. Als Anfang März die Ferien begannen, war ich froh, Heidelberg den Rücken kehren zu können.

2008

Am Bahnhof kaufte ich mir eine Zeitung, dann stieg ich in die nächste Bahn und fuhr zu meinem Hotel. Mein Kopf schmerzte, meine Glieder schienen mit Blei gefüllt. Ich wollte schlafen, konnte aber nicht. Das Display des Weckers starrte mich an und ich konnte nicht fassen, wie lange eine einzige Minute ist.

Hubs tot. Lange schon tot.

Hubs, der ständig um mich gewesen war. Hubs, mein Freund, neben mir in der Bank vom ersten Schultag an, der kleine Kerl mit den dunkelbraunen Locken und den schwarzen Augen, der verschmitzt lächelte und schon schenkte man uns Bonbons und ein Extrascheibchen Lyonerwurst, ließ uns unentgeltlich auf den Karussellen fahren bei der Herbst- oder der Frühjahrsmesse. Ich in seinem Kielwasser, sein Charme reichte aus für uns beide. Hubs, der einem ungewöhnlichen Mädchen allen Grund gab, sich in ihn Hals über Kopf zu verlieben, ihn zu einem Pärchen zu ergänzen, mit ihm einzudringen in die Geheimnisse des Erwachsenseins, in die Gebiete, aus denen man uns raushielt, weil man uns absprach, reif für sie zu sein: Sex und Politik.

Hubs, der sein Herz mit Frustrationen füllte und durch eine Ersatzexplosion verhindern wollte, selbst zu zerspringen vor Ungeduld und Sehnsucht.

Mein Betrug an ihm wog in meinen Augen so viel stärker als das, was er, oder besser gesagt der sehr versierte Anwalt seines Vaters, mir antat, dass ich mich vierzig Jahre lang darum gedrückt hatte, nach ihm zu suchen oder mich nach ihm zu erkundigen. Da meine Eltern bald nach mir Karlsruhe verließen und zurück in die Heimat meiner Mutter, in den Odenwald, zogen, Hannas Vater starb und auch ihre Mutter Karlsruhe verließ, waren für uns alle Brücken in unsere Heimat abgebrochen. Stattdessen verfolgte mich insgeheim eine diffuse Furcht, Hubs könnte eines Tages auf unserer Türschwelle stehen und alles kaputt machen, was ich mir, was wir uns aufgebaut hatten. Hanna und ich, wir sprachen darüber nie, niemals. Von jenem Tag an, als in Karlsruhe die Schüsse fielen, die Buback und zwei seiner Mitarbeiter töteten, lauerte ich darauf, dass Hubs' Gesicht irgendwo auf den Fahndungslisten auftauchen würde. Er hatte das Potenzial zum Ausflippen in sich, so schien es mir, diese teuflische Mischung aus Frustration, Verzweiflung und Gewaltbereitschaft, die einen Menschen an den Rand der Gesellschaft schleudern kann und sogar darüber hinaus, ins Chaos der Anarchie, wo sich moralische Begriffe verzerren und alte Regeln nicht mehr gelten. Ich sah ihn als Gejagten im Land umherirren und auf unserer Türschwelle landen. April 1977, da waren unsere Zwillinge gerade geboren, zwei winzige Würmchen, die sich lange nicht entscheiden konnten, ob sie bei uns bleiben oder gleich wieder aus unserem Leben verschwinden wollten. Wir kämpften um sie und mussten aufpassen, dass unser Ältester sich nicht zurückgesetzt fühlte. Uns um gesellschaftliche Veränderungen zu kümmern, wäre als Letztes für uns in Frage gekommen. Und doch, ich stellte mir Hubs vor unserer Tür vor und wusste, ich würde ihm aufmachen, würde ihn aufnehmen müssen, schon allein deshalb, weil ich immer glaubte, dass ich ihm noch etwas schuldete.

Auf meiner Zugfahrt zum Klassentreffen hatte ich einen anderen Hubs vor mir gesehen. Einen, der ganz normal gealtert war, so wie ich. Ich träumte davon, zu Hanna heimzukommen und ihr erzählen zu können, dass Hubs einen Bauch und eine Glatze habe und sie Recht hatte, sich diesen Anblick nicht anzutun. Mein Bauch ist immer noch flach, ich bin eher ein hagerer Typ und auch mein Haar ist noch ziemlich komplett. Nicht mein Verdienst, sondern nur ein Spielzug des Schicksals, Glück.

Nun war es anders gekommen, ich würde sagen müssen, er ist tot, Hanna, lange schon tot, und ich wusste noch nicht einmal, wie und woran er gestorben war.

1969

Das Verfahren begann harmlos. Wir wurden einzeln zu einer Vorvernehmung gebeten, aufgefordert, den Tathergang erneut zu schildern und uns an die Fakten zu halten. Dann aber kam Herr Wolf zu meinen Eltern und teilte ihnen mit, dass man beschlossen habe, jeder nehme sich einen eigenen Verteidiger. Mein Vater ging daraufhin mit mir zu einer Anwaltspraxis in einer alten Villa in Durlach. Feuchtwanger und Sohn. Wahrscheinlich hatte er sie ausgewählt, weil „Die Jüdin von Toledo“ von Lion Feuchtwanger einer seiner Lieblingsromane war, solche irrationalen Inspirationen waren typisch für ihn. Herr Feuchtwanger senior war leider krank und starb wenige Tage nach unserer ersten Konsultation. Herr Feuchtwanger Sohn, ein schmächtiges, blasses Männchen, verwies uns an einen jungen Sozius, der sich auf Strafsachen spezialisiert habe. Der junge Mann schien mir kaum älter als ich. Er war sehr engagiert, beschwor mich immer wieder: „Einfach nur an die Fakten halten, Wolfgang, ehrlich und geradeaus, wir leben in einem wunderbaren Rechtsstaat und alles wird glimpflich ausgehen.“

Die Schillers und die Wolfs hatten ihre mit allen Wassern gewaschenen Firmenberater auf den Plan gerufen. Die Seuferts und Frau Koslowski engagierten gemeinsam eine Anwältin, die immer wieder mäßigend eingriff, wenn sich die anderen beiden eloquenten Selbstdarsteller allzu sehr in ihren fantastischen Monologen verstiegen. Zwischen ihnen bewegte sich unser „Vertreter“ wie ein Punchingball, redlich bemüht, nicht vom Haken zu fallen. Ich brauchte lange, um zu erkennen, dass die beiden erfahrenen Juristen sich eine raffinierte Strategie ausgedacht hatten, die mich zum Inszenator einer diabolischen Attacke auf einen Offizier der amerikanischen Armee aufbaute, zu einem Feind der demokratischen Welt, einem frustrierten paranoiden Fanatiker und kränklichen Feigling, der seine Freunde dazu missbrauchte, eine eitle Schau abzuziehen, um dem Mädchen, das er wollte, aber nicht haben konnte, zu imponieren. Die Stichwörter dazu lieferten unbewusst Holly und Hubs. Holly, weil sie sich bemühte, die Wahrheit und nichts als die Wahrheit zu sagen, Hubs, weil er ein Spektakel bot, mit dem er sogar Hollywoodstars hätte beeindrucken können.

Mein Vater ließ sich mehr und mehr von den gedrechselten Formulierungen der beiden Wirtschaftsjuristen dazu verführen, auf ihre Sicht einzuschwenken. Am ersten Sitzungstag der Hauptverhandlung saß auch Sabine im Publikum und sie machte das Ganze zum Gesprächsthema am Mittagstisch. Vater bat sie, von etwas anderem zu reden, nicht auch noch da, wo man doch „in Liebe und Vertrauen einander zugetan bleiben“ wolle, Unfrieden zu säen. Da atmete ich auf, für den Bruchteil einer Sekunde glaubte ich, dass meine Eltern mich endlich verstanden. Sabine durchschaute Vater längst, sie provozierte ihn weiter, hörte nicht auf zu reden. Abrupt schob Vater seinen Teller von sich, stützte die ineinander gefalteten Hände auf, legte sie wie einen Riegel vor die geschürzten Lippen, schlug die Augen nieder und holte tief Luft.

„Eure Mutter und ich, wir haben uns bemüht, euch zu aufrechten Menschen zu erziehen, zu guten Christen, ehrlichen Bürgern. Wir haben unser Bestes getan und stehen nun vor der Erkenntnis, dass uns ein Dämon die Zügel aus der Hand gerissen hat, in euch eingedrungen ist und beginnt, unsere Familie zu zerfressen. Wir werden uns dagegen wehren, dass dieser Dämon uns verschlingt. Wir werden dagegen kämpfen, auch unseren Frieden an ihn zu verlieren, denn das ist alles, was wir beide wollen: in Frieden unser Leben leben. Ihr seid uns fremd geworden. Du, Sabine, bist uns schon lange entglitten und du, Wolfgang, ...“

Er konnte nicht weitersprechen, weil er mit den Tränen kämpfte, und er bot so ein Bild des Jammers. Aber ich hatte kein Mitleid mit ihm. Ich war zutiefst enttäuscht über seine Unfähigkeit, von sich abzusehen. Nicht er stand doch vor Gericht, sondern ich. Zugegeben, wir waren einander nicht besonders vertraut, und das war sicher nicht nur seine Schuld. Der Weg von ihm zu mir war ebenso weit wie umgekehrt, aber er war doch der Vater, immer noch, und ich der Sohn. Hätte er nicht den ersten Schritt auf mich zu tun müssen? Ich weiß es bis heute nicht.

Es ging weiter wie immer, sehr zivilisiert. Natürlich aßen wir weiter zusammen unsere Mahlzeiten und tauschten höfliche Grüße aus: Guten Morgen, Vater, danke, bitte, gute Nacht. Kaum zu glauben. Aber das hatten sie uns perfekt eingebläut, hatten uns darauf eingeschworen, und diesen Rahmen zu verlassen, hatte besonders ich noch immer keinen Mut.

2008

Ich stand schon früh auf, frühstückte und sah hinaus, wie die Straßenbahnen vorbeifuhren, hörte, wie sie schleifend die kleine Kurve nahmen, bevor sie vor dem Rathaus anhielten. Ich packte meine Tasche, zahlte und fuhr mit der nächsten Tram zum Bahnhof, suchte mir einen Zug, löste am Automat einen Fahrschein, kaufte mir noch die BNN und die NZZ und schlenderte wie ein Ferienreisender zum Gleis. Halb acht, da konnte ich zu Hause anrufen.

„Na, wer hat den dicksten Wagen, das größte Haus und die schönste Frau?"

Hanna klang fröhlich wie immer am Morgen. Sicher warteten schon wieder zahlreiche Beschäftigungen auf sie, manchmal beneidete ich sie um die Vielzahl und Vielfalt all ihrer Aktivitäten, denen sie sich mit Verve und Ausdauer widmete, so als ob jede die einzige wäre.

„Ich erzähle dir, bin ja bald wieder daheim."

„Bist du enttäuscht?"

„Nein, nein, wieso meinst du das?"

„Deine Stimme klingt so ... na, ein bisschen traurig eben."

„Ich freue mich darauf, heimzukommen."

„Dann komm!"

„Zu dir, Hanna."

„Ja, sicher."

Sicher! Sicher? Was war sicher? Nie war ich sicher gewesen.

„Hanna?"

„Ja?"

„Ich glaube, wir müssen reden, wenn ich komme."

„Wenn du meinst."

„Ja, das meine ich."

Warum fragte sie nicht „worüber"? Sie hatte eine Idee und mehr als das. Sie wusste, dass ich über die Vergangenheit reden wollte.

1969

Der Richter, ein großer, schlanker, älterer Mann, sehr ruhig und überlegen, man hätte nie sagen können, was seine persönliche Meinung war zu irgendetwas, was er sich anhören musste, auch wenn es noch so extrem und verschroben daherkam, sprach mich direkt an, als ich auf diesem exponierten Stuhl allein dasaß und noch einmal öffentlich gehört wurde.

„Wolfgang Runge, sie sind 20 Jahre alt, Student der Germanistik und Anglistik in Heidelberg, sie waren Schüler des ..." Seine warme Stimme beruhigte mich, sein Blick drang in mich ein, ich fasste Vertrauen zu ihm, wollte ihm das liefern, worum er mich bat, die Wahrheit.

„Hubs, ich meine Hubert Schiller, wollte seiner Freundin einen Beweis dafür geben, dass er sie wirklich liebte."

Gelächter.

„Wolfgang, Sie sind ein intelligenter junger Mann, Sie waren ein vorbildlicher Schüler, bitte enttäuschen Sie uns nicht."

Wer würde wen enttäuschen?

Ich gab zu, dass ich die Rosen gekauft hatte, dass ich geholfen hatte, den Sprengkörper darunter zu verbergen, dass ich geklingelt hatte, dass ich Mendel hielt, bis der Krankenwagen kam, dass ich die Seuferts benachrichtigte und als Erster in der Klinik ankam.

Darin sah der Staatsanwalt mein Eingeständnis, der Motor der Aktion zu sein. Er packte nun seine Details aus, genüsslich legte er dar, dass ich regelmäßig – wie er betonte – in der revolutionären und amerikafeindlichen „Bande von Störenfrieden" in Durlach verkehre, dass ich mich an Demonstrationen beteilige, ja, in der Tat, ich sei intelligent und nicht nur das, auch raffiniert genug, eine derartige Sache zu planen. In Heidelberg habe ich wohl das dazugelernt, was ich noch nicht beherrschte, und unter dem Deckmantel, meinem Freund zu helfen, in Ausnützung der Umstände diesen Angriff auf einen amerikanischen Armeeoffizier minutiös geplant und zur Durchführung gebracht.

Mendel widersprach als Einziger, „Nein, so war es nicht, sicher nicht", er schüttelte heftig den Kopf, aber er konnte nicht darlegen, wie es denn nun gewesen war. Daran erinnere er sich nicht mehr, er habe doch einen Schock erlitten, sei fast ohnmächtig gewesen, das Blut, das viele Blut, könne sich das denn keiner vorstellen?

Erka saß nur da und weinte, Lupus sagte nichts außer: „Ja, so war das" zu allem, was der Anwalt seines Vaters zusammenbraute. Hubs aber redete wie ein Wasserfall. Seine Ausführungen wurden immer wirrer, immer undurchsichtiger. Man hatte den Eindruck, er log, um mich zu entlasten, wenn er schilderte, wie es gewesen war, und dass er dann die Wahrheit sagte, wenn er log; dann nämlich bremste er seinen Redefluss, wurde kleinlaut, erweckte Mitleid, wirkte gejagt, wie unter einem geheimen Druck. Er gebrauchte Jacks ideologische Erklärungen, legte sie mir in den Mund, hielt mit dem dagegen, was Holly über ihre Schwester, den Schwager erzählt hatte, so, als ob es seine Perspektive wäre. Er stand sogar auf, demonstrierte, wie Dudley, Ullas Mann, bei Mendel erste Hilfe leisten wollte und ich ihn weggestoßen hätte. Ich weiß nicht, ob ich das getan habe, vielleicht ja, vielleicht nein. Hubs lieferte eine perfekte Show, die der Anwalt der Schillers geschickt verwendete und zur Attacke gegen mich ausbaute.

Meine Eltern mieden mich in dieser einen Woche, in der die Hauptverhandlung stattfand. Mir ging allmählich der Realitätsbezug verloren. Nach unserer Anhörung, während der Anhörung der Zeugen und der Sachverständigen, unter ihnen natürlich auch Holly, die jeden Kontakt mit uns vermied, verlor ich mein Interesse. Ich ließ mich hängen, fallen, wartete nur noch auf das Ende.

Nach den Plädoyers, bevor sich das Gericht zur Beratung zurückziehen würde, holte mich der Richter noch einmal nach vorn und sah mich eindringlich an:

„Wolfgang, wollen Sie abschließend etwas bekennen?"

Bekennen?

An diesem Morgen hatte ich mir Wodka gekauft und mir ein bisschen Mut angetrunken. Ich pendelte zwischen dem Wunsch, mich auf den Boden zu legen und einfach einzuschlafen, und dem Drang, laut hinauszulachen. Ich war jenseits aller Vernunft, strengte mich dennoch an, mich vernünftig zu geben, mich zu beherrschen. Beim Versuch, nicht zu taumeln, stieß ich den Stuhl um, auf den ich mich setzen sollte. Ich hob ihn wieder auf, baute mich dahinter auf und hielt mich an der Rückenlehne fest, dann deklamierte ich laut: „Noch blieb mir etwas übrig, womit ich die beleidigten Gesetze versöhnen und die misshandelte Ordnung wiederum heilen kann. Sie bedarf eines Opfers, eines Opfers, eines Opfers ..."

Ich wusste nicht mehr, wie es weitergeht, ich war schließlich auch nicht Räuber Moor, sondern nur ein normaler Junge aus der deutschen Provinz. Inzwischen eilte auf den Wink des Richters hin ein Wachtmeister herbei und führte mich zu meinem Platz auf der Bank zurück.

2008

Ich saß im Zug, ein aufgeschlagenes Buch auf dem Schoß, starrte hinaus in den Sonnenschein, die Schönheit der Herbstfärbung stimmte mich melancholisch, und der alte Schmerz klopfte wieder hinter meinen Schläfen.

Sie hat ihn ausgewählt. Sie wollte Hubs, es war ein Wollen, das aus ihrem Inneren kam. Trotz aufkeimender Zweifel hielt sie an ihm fest, kämpfte um diese Liebe, wollte ihm eine letzte Chance geben, weil er doch der Richtige für sie war. Sie wurden mehr als ein Pärchen, vielleicht nur für eine oder eine Handvoll Nächte. Dann aber ...

1969

Im Gegensatz zum dramatischen Verlauf der Verhandlung fiel das Urteil glimpflich aus. Hubs und Erka bekamen Verweise und Belehrungen. Ein getrenntes Verfahren bei der Wehrverwaltung entschied, dass sie im Rahmen ihres Wehrdienstes zu irgendwelchen Sonderaufgaben eingeteilt würden, damit wäre der Gerechtigkeit Genüge getan. Lupus kam mit einer Verwarnung davon. Ich musste 100 Stunden in sozialen Einrichtungen ableisten. Wir galten nicht als vorbestraft. Herr Seufert und die um Verständnis werbende Anwältin der Seuferts konnten sich gegen die Sicht des Staatsanwaltes durchsetzen und den Richter überzeugen. Mendels Vater betonte immer wieder, wir seien dumme Jungs, ganz unpolitisch, von Revolution keine Spur, man solle uns doch bitte nicht kriminalisieren, dagegen wolle er ganz energisch kämpfen; auch sein Sohn habe mitgemacht, es sei schließlich nur Zufall gewesen, dass es ihn und nicht einen der anderen Burschen getroffen habe.

Ich ging nach Hause, trank die Wodkaflasche ganz leer, fiel in mein Bett und schlief 20 Stunden. Beim

Aufwachen fand ich ein Kuvert auf meinem Nachttisch. In einem Brief teilte mir mein Vater mit, dass er wünsche, ich solle nach Heidelberg gehen, sofort, dort bleiben, studieren, ich würde Geld auf meinem Konto finden, aber er und Mutter wollten „vorerst" keinen Kontakt mit mir, sie bäten mich auch, dass ich nicht kommen solle, bis sie mich wissen ließen, dass ich wieder erwünscht sei.

Ich packte und wollte gerade gehen, da klingelte das Telefon. Keiner außer mir war da, vielleicht hoffte ich, Sabine noch zu sprechen, also nahm ich ab.

Es war Holly. Sie wollte sich mit mir treffen. Sie komme an den Bahnhof.

Nachdem es den ganzen April über nur geregnet hatte, man quasi wochenlang mit eingezogenem Kopf durch seine Tage gehastet war, schien an diesem Tag die Sonne. Man sah deutlich hellgrüne Blattspitzen überall an den bizarren Ästen und Zweigen der alten Bäume im Beiertheimer Wäldle. Ich ging zwischen Hundebesitzern und Müttern mit Kinderwagen, nahm dann den aufgeschütteten Weg zur Bahnhofsstraße hin, schlenderte auf das Hochhaus der Karlsruher Lebensversicherung zu und an der hohen Mauer entlang, die den Stadtgarten begrenzte. Vor dem Eingangstor stand sie, wartete auf mich, zog mich gleich dort weg und fragte, ob ich Lust habe, mitzukommen in ihren Schrebergarten, ins Schwedenhäusle, da sei man allein und könne reden.

Der Garten befand sich neben den Bahngeleisen, er gehörte ihren Großeltern. Schweigend passierten wir die Unterführung und rannten den kurzen Weg bis zum Eingangstor der Anlage. Sie schob mich in die Hütte, schloss die Tür und lehnte sich von innen dagegen.

„Wolfgang, was hast du dir gedacht bei diesem ganzen Zirkus? Warum um Gottes Willen hast du dich nicht gewehrt? Zitierst Schillers Räuber, das sieht dir ähnlich! Das versteht doch keiner! Warum gibst du immer und immer wieder klein bei? Warum lässt du dich von deinem Vater zu einem Studium drängen, das du nicht magst? Warum hast du denn keinen Mut dazu, der zu sein, der du sein willst und dir das zu nehmen, was du haben willst?"

Da brauste es in meinen Ohren. Ich ging auf sie zu und nahm sie in den Arm. Ich küsste sie. Sie kam mir entgegen, schmiegte sich an mich und bevor mein Verstand ganz weggespült wurde von meinen Instinkten, dachte ich, dass sie das will, was ich auch will! Sie kommt mir entgegen, sie geht auf alles ein, und das kann nur bedeuten, dass sie weiß, um was es geht, weil „es" nicht das erste Mal für sie ist: „Es" muss schon einmal „richtig" für sie gewesen sein. Deshalb ist das, was ich jetzt tue, kein Opfer, sondern Betrug und Verrat an meinem besten Freund.

Als wir wieder zu uns kamen, nebeneinander gekuschelt da saßen, lächelte sie und flüsterte, sie habe immer schon gewusst, dass auch ich in sie verliebt gewesen sei, und als ich wissen wollte, warum, sagte sie: „Weil du nie Holly zu mir gesagt hast; seit wir uns damals trafen an der Hauptpost – weißt du noch? –, hast du mich bei meinem richtigen Namen genannt."

Das war mir nicht bewusst gewesen, die ganze Zeit über hatte ich es nicht gemerkt.

Hubs hingegen habe einfach nicht kapiert, dass sie nicht Holly Golightly sei, er habe alles vermasselt, damals, als sie ihm noch mal eine Chance geben wollte und ihm das Zeichen schickte, um das er sie gebeten habe.

Damit war für sie die Sache erledigt.

Wenn das nicht passiert wäre, ich weiß nicht, wie es mit mir weitergegangen wäre. Vielleicht so wie bei Lupus?

Wir taten uns zusammen, Hanna war nach ihrem Schulausschluss nicht mehr zurückgegangen, machte kein Abitur. Sie entschied sich für eine Buchhändlerlehre, fand eine Buchhandlung in Konstanz, die ihr gefiel, wohnen wollte sie bei ihren Großeltern, die in der Nähe einen kleinen Bauernhof besaßen. Sie pfiffen auf den damals immer noch gültigen Kuppeleiparagraphen, gaben uns eine Wohnung und im Sommersemester begann ich mein Mathematikstudium an der neuen Universität.

Wir spürten, wie wichtig wir einander waren, bauten uns ein gemeinsames Leben auf, meinem Glück aber wagte ich nie zu trauen. Immer, immer wieder verfolgte mich der Gedanke, dass sie vielleicht nur bei mir blieb, weil sie mich retten wollte, beschützen, dass sie insgeheim aber immer noch von Hubs träumte, der ihr „Erster“ gewesen war. Und wenn er eines Tages auftauchen würde, so wie ich es mir ausmalte oder in irgendeiner anderen Identität, würde sie, weil ich inzwischen stark genug war, ohne sie zurechtzukommen, zu ihm zurückgehen.

2008

Als mein Handy klingelte, dachte ich, es ist Hanna und wollte ihr sagen: „Hol Großvaters Kästchen vom Schrank, ich erkläre dir den Mechanismus, bitte öffne es, schau hinein", dann wäre sie schon auf das vorbereitet, was wir bereden müssten.

Aber es war Mendel.

„Wollte mich doch noch von dir verabschieden, Luft."

Warum jetzt wieder dieser alte Name?

„Du warst gestern so schnell weg."

„Ich hatte genug ... gehört und gesehen."

„Es stimmt doch, dass ihr es auch nicht wusstet, du und Holly, dass Hubs schon lange tot ist, oder?"

„Nein, Mendel, nein, Hanna und ich wussten es nicht."

Oder wusste sie es doch? War das der Grund, warum sie bei mir blieb?

„Wirst du es ihr sagen?"

„Sicher werde ich es ihr sagen, warum nicht?"

„Mein Gott, ich würde es ihr ersparen. Ich meine, dass sie diesem Typen damals auf den Leim ging, das konnte man doch verstehen. Er war eben schon so eine Art Rattenfänger, viril, charismatisch, nannte sich Che und war auch so einer wie Che, ein sanfter, gewaltloser Revolutionär, überzeugend, wirklich, er war Holly intellektuell gewachsen, und das faszinierte sie. Tja, die Liebe! Schon komisch, wie anders Männer und Frauen ticken, was? Man wird nie klug draus, was die Frauen wirklich anzieht. Die verwechseln leicht mal das eine mit dem anderen. Jedenfalls könnte Hanna doch wirklich denken, dass Hubs es mit Absicht gemacht hat, verstehst du? Aus Verzweiflung darüber, dass sie ausgerechnet mit diesem Che ins Bett ist. Ich meine, wir wussten doch alle, wie sehr Hubs an ihr dran war; aber man konnte die Mädchen damals eben noch nicht so leicht rumkriegen wie heutzutage, was? Ich meine, Hanna könnte jetzt Schuldgefühle haben und ..."

„Moment mal, Klaus, wie meinst du das: mit Absicht gemacht hat, was denn gemacht hat?"

„Lupus sagt, Hubs ist mit seiner Karre gegen einen Brückenpfeiler auf der Autobahn gerast ... ja, er hatte wohl auch ziemlich Alkohol im Blut, deshalb kann man natürlich nicht mit Sicherheit sagen, ob ... Naja, jedenfalls ist es gut, dass Hanna dann bei dir gelandet ist, Wolfgang. Du warst der Richtige für sie."

Schade, dachte ich, schade, lieber Mendel, oder besser gesagt: lieber Klaus Seufert! Schade, dass du so ein blödes Tratschmaul bist.

Der Wind fegte die Blätter über den silbergrauen Himmel, das wirkte nicht melancholisch, es sah nach Sturm aus, nach Durchgeschütteltwerden, nach kalten Händen und kalten Nasen. Aber auch nach Lust auf einen Schluck Rotwein bei Kerzenschein, auf die richtige Mischung zwischen reden und zuhören, bis das Schweigen danach reine, friedliche Stille ist.

Ganz herzlich bedanken möchte ich mich bei meinen Lektoren, in der Reihenfolge, in der sie gelesen haben: Bei Charlotte Hauser, für ihre unerbittliche konstruktive Kritik, bei Dr. Detlev Fischer, für sein genaues Überprüfen der Fakten, bei Madeleine Höfele, für ihre Vorschläge zum Abrunden der Charaktere, bei Walther Beilhack für seine uneingeschränkte Zustimmung, bei Dr. Sandra Mehrfort und Kurt Fay für den letzten Schliff am Text. Mein Dank geht auch an Thomas Lindemann, der sich erneut auf mich und meinen Text eingelassen hat.

Während der realen Aufführungen der „Grimmige(n) Märchen“ im Badischen Staatstheater Karlsruhe wurde das Märchen „Der Froschkönig“ nicht gelesen.

Lindemanns Bibliothek
herausgegeben von Thomas Lindemann

Bibliografische Information der Deutschen Nationalbibliothek
Die Deutsche Nationalbibliothek verzeichnet diese Publikation in der Deutschen Nationalbibliografie; detaillierte bibliografische Daten sind im Internet über http://dnb.d-nb.de abrufbar.

Titelfoto: iStockphoto
Foto der Autorin: Portrait Atelier Bauer, Karlsruhe

76131 Karlsruhe · www.infoverlag.de

Lindemanns Bibliothek · Band 125
ISBN 978-3-88190-628-9